LES PASSE-**MURAILLES**

Collection dirigée par
Emmanuelle Dugain-Delacomptée

La littérature permet de franchir
des murs, de rencontrer l'ailleurs.
Ici, chaque livre vous emmène de l'autre côté.
Dans une autre époque, un autre pays, une autre
œuvre, un autre milieu, un autre genre...
Ici, plus de cloisons : le romanesque peut se mêler
au théâtre, l'essai à la fiction, l'image au texte.
Voilà ce que propose « Les Passe-murailles » :
une ouverture. Une liberté.

Sous les feux d'artifice

GWENAËLE ROBERT

Sous les feux d'artifice

roman

LES PASSE-**MURAILLES**

Conception graphique : Justine Dupré
Composition : Peter Vogelpoel

Dépôt légal : août 2022
ISBN 978-2-7491-7309-2

Vous pouvez consulter notre catalogue général
et l'annonce de nos prochaines parutions sur notre site :
www.cherche-midi.com

92, avenue de France, 75013 Paris

à Christian Guillet,
en témoignage de ma grande reconnaissance

« Nous sommes des navires lourds de nous-mêmes,
Débordants de choses fermées nous regardons
À la proue de notre périple toute une eau noire
S'ouvrir presque et se refuser, à jamais sans rive »

Y. Bonnefoy, *Les Planches courbes*

« Sans tirer un coup de feu, sans tirer une épée… nous avons amené le monde entier à nos pieds. […] Aucun pouvoir au monde ne prendra le risque de faire la guerre au coton. Le coton est roi ! »

J. H. Hammond, sénateur de Caroline du Sud, 1858

« *It's a quiet day.* »

R. Semmes, journal de bord

Prologue

En ce temps-là, la Terre était divisée en deux mondes, séparés par les eaux : l'Ancien et le Nouveau.

Parfois, il arrivait qu'un morceau de ces continents se décroche, traverse les mers puis aborde le rivage opposé où sa greffe s'avérait incertaine.

Le 11 juin 1864, deux échantillons arrachés à leurs terres originelles échouèrent sur les rives contraires.

Le premier, héritier du vieil empire des Habsbourg, accostait à Veracruz.

L'autre, venu du golfe du Mexique, mouillait dans le port de Cherbourg.

Ce roman raconte leurs histoires croisées.

1.

11 mai 1864
Océan Atlantique

Il ne l'a jamais touchée. Ni au soir de leurs noces, ni après. Pourtant cette nuit-là, ils ont dormi dans le même lit. Elle ne connaît rien aux choses du sexe, mais elle sait que c'est là que ça aurait dû se produire, le rapprochement de leurs deux corps vierges que séparait le voile d'une chemise de coton. Il ne s'est rien passé. Ils sont demeurés à distance l'un de l'autre, sous les draps empesés où leurs chiffres étaient partout brodés en rouge, son *C* enlacé à son *M*, comme une incitation à se mêler l'un à l'autre, en relief. Elle est restée longtemps immobile, les yeux fixés sur les lettres rouges qui se détachaient sur les draps, à la lueur du rayon de lune. Elle attendait de rencontrer sa peau, de sentir sa main sur son ventre, de deviner sa jambe contre la sienne, elle retenait son souffle, contractait ses muscles. Rien ne venait. Elle ne percevait même pas, sous les draps, la chaleur de son corps à lui, une sorte de rayonnement, l'électricité de sa chair. Il faisait froid comme la veille, dans le lit à une place où elle avait dormi seule. On eût dit qu'il était absent ou rejeté si loin qu'elle ne pouvait l'atteindre. C'était comme si un fleuve invisible traversait le lit, les condamnant à demeurer sur deux rives séparées. Lentement, elle a passé son doigt sur les boursouflures de coton des lettres brodées.

Elle a senti sous la pulpe de son index l'injonction à s'unir, insistante, indiscrète, les courbes des majuscules enchâssées, *C* et *M*, Charlotte et Maximilien, et plus loin les initiales de leurs familles respectives, *S-C* et *H*, Saxe-Cobourg, Habsbourg, également enlacées. Soudain les initiales lui ont semblé obscènes, elle a repoussé le drap dans l'obscurité, elle s'est tournée vers lui, les yeux grands ouverts, effrayée de ce qui devait advenir, épouvantée qu'il n'advienne rien.

Il dormait. Elle l'a deviné à sa respiration régulière, au grognement plein de sommeil qu'il a émis en se retournant, soulevant le drap amidonné où s'est engouffré un air froid. Elle aurait dû être soulagée. La crainte de cet acte dont on n'avait rien pu lui dire – sauf qu'il était *naturel et impérieux* – s'éloignait. Elle bénéficiait d'un sursis. Mais celui-ci n'était pas moins inquiétant : et s'il durait toujours ? Est-ce qu'elle resterait vierge ? Est-ce qu'il ne l'aimait pas ? Était-ce sa faute ? Avant le mariage, on lui avait parlé de ses devoirs. « Tout dépend de l'épouse, de sa docilité et de sa capacité à se faire aimer. » Qui lui avait dit ça ? Sa femme de chambre ? Sa grand-mère ? Son confesseur ? L'avait-elle lu quelque part ? Elle était responsable de la bonne marche des choses. Responsable, c'est-à-dire coupable, si l'opération prenait un tour inattendu.

Dans l'obscurité de la chambre conjugale, Charlotte devinait confusément les conséquences dramatiques de cette nuit manquée. Elle voulait se rassurer. Ils n'étaient certainement pas les seuls, d'autres couples devaient vivre ainsi. Mais qui ? Elle a cherché dans son entourage, dans les ramifications de la famille royale de Belgique. Partout autour d'elle, des bourgeons surgissaient, des nourrissons braillards attestaient des mariages dûment consommés, les ventres belges, les ventres français, tous fécondés par des princes. Un frisson l'a parcourue, elle avait froid, elle était seule. Sa main a cherché à tâtons le drap. Elle l'a remonté sous son menton. Elle a fermé les yeux, est descendue au fond d'elle-même, là où tout s'éclaircissait, là où sa volonté ne rencontrait aucun obstacle. Elle s'est promis que personne ne saurait rien de cet échec. Ni son père, ni ses frères, ni aucun des membres de sa belle-famille, ces Habsbourg empesés, obsédés par leur lignage. Elle a consacré le reste de la nuit à triturer l'abcès de cette blessure d'orgueil – après, elle n'y penserait plus. Elle se l'interdirait.

Lorsque l'aube s'est levée, elle n'avait pas dormi. C'est bien : il fallait afficher une petite mine. Au déjeuner, on lui a trouvé un air fatigué, mais résigné. Elle n'a pas démenti. Charlotte fait toujours ce qu'on attend d'elle.

Maintenant, sur le pont du bateau, elle y pense sans douleur. Son mari est accoudé au bastingage de la frégate, il regarde au loin, il aime la mer passionnément. Elle est le décor idéal pour ses épanchements mélancoliques, les rêveries de son esprit malade, gavé des poèmes romantiques mal digérés – Goethe, Hölderlin, Byron. Charlotte a craint jusqu'au moment du départ qu'il ne vienne pas. Maximilien a montré ces derniers temps des accès de mélancolie intense, des heures entières à rester prostré, muet, immobile tandis qu'elle se démenait pour remplir les malles, donner des ordres, boucler les préparatifs. Le dîner de gala organisé en l'honneur de leur départ a failli tourner au fiasco lorsqu'il s'est retiré brusquement, les épaules secouées par des spasmes nerveux. Son médecin a eu beau affirmer aux convives que ce n'était rien, la fatigue, le temps orageux, personne n'a été dupe. Le cadet des Habsbourg a passé la soirée enfermé dans le pavillon du parc, abattu, criant à travers la porte au valet envoyé par sa femme : « Je ne veux plus entendre parler du Mexique ! »

Charlotte s'est appliquée à faire oublier l'incident. Elle a présidé le souper avec beaucoup de naturel et de grâce, assuré une conversation brillante avec ses voisins, en italien, en espagnol, en français – toutes les langues sont faciles pour elle. Elle a fait les honneurs du château de Miramare, a guidé les invités dans le parc tandis qu'un orchestre invisible jouait des valses viennoises. On l'a trouvée rayonnante, son nouveau titre d'impératrice lui allait à merveille, c'est ce qu'ils disaient tous. Elle acquiesçait : c'est vrai qu'elle est faite pour régner, elle le sait depuis toujours – ces choses-là se devinent très tôt affirmait son père, le roi de Belgique. Mais toute princesse qu'elle était, elle n'était qu'une fille qui, pour son malheur, avait épousé le frère cadet d'un empereur : la mauvaise équation qui vous condamne à rester dans l'ombre, à regarder les souverains régnants avec envie et tristesse, à attendre un tour qui ne viendra peut-être jamais. On ne parle pas du malheur de n'être pas dynaste, on l'éprouve en secret, comme une maladie honteuse. Il faut pour vous en délivrer un événement tragique, ou une nouvelle inattendue, une couronne qui vous tombe du ciel : pour elle, ça a été celle du Mexique, et même si son mari montrait des réticences à la coiffer, elle savait que c'était leur seule chance de régner, de guérir de l'obsession de l'ordre de succession.

Quand les derniers convives sont partis, elle s'est laissée tomber sur son lit, épuisée, satisfaite d'avoir sauvé la face. Elle fait cela mieux que personne, depuis toujours. La vie est un devoir qu'il faut accomplir, on le lui répète depuis vingt-quatre ans. Quand bien même on aurait droit à une part de faiblesse, son mari a tout pris, il n'y a plus rien pour elle.

Depuis qu'on est en mer, Maximilien va mieux. Il parle avec les marins, il s'intéresse aux machines, aux cartes. Chaque matin, dans le silence de sa cabine, il se consacre à la rédaction d'instructions destinées à la future chancellerie. Il dessine des uniformes. Ensuite, il déjeune avec elle. À ceux qui les côtoient sur le *Novara*, ils offrent le spectacle d'un couple pudique mais harmonieux. Heureux même, si tant est que l'équipage d'un bateau soit à même de juger des états d'âme de Leurs Majestés. Pour elle, ça ne fait pas de doute, ça se voit. Elle n'a jamais été aussi belle, un peu exaltée quand même avec ses yeux brillants et ses joues qui rosissent si facilement. Elle a le sentiment enivrant d'accomplir son destin, enfin. Elle a grandi avec l'idée de régner. On l'a élevée pour ça, on l'a mariée pour ça. Pourtant, tout a mal commencé. Elle n'a connu d'abord que l'échec – son mariage, le royaume de Lombardie-Vénétie perdu après deux ans de règne, à peine. Ensuite, la solitude, l'ennui entre les murs de Miramare.

À vingt-quatre ans, Charlotte prend sa revanche. En devenant impératrice du Mexique, elle répond à toutes les espérances, les siennes d'abord. Reste à découvrir le peuple qu'elle a promis de servir, le pays sur lequel elle règne déjà, qui est loin et un peu inquiétant à cause de la guérilla et des régimes qui se sont succédé sans jamais réussir à y garantir la paix. Elle sait que l'armée française y piétine depuis deux ans, ce qui est mauvais signe attendu que c'est la plus puissante du monde. Mais elle a vu des photos, des peintures superbes rapportées à Miramare par la délégation d'Estrada. La végétation est splendide. On lui a montré d'extraordinaires collections de papillons, des colibris. Des cactus par milliers. Des temples éboulés entre des palmiers, les *Maranta*, les *Gloxinia*, ces noms mystérieux tracés au crayon sur des planches par des herboristes voyageurs. Et d'autres images de jungle, où des rideaux de lianes pendent langoureusement dans une débauche de tiges et de feuilles, où l'on devine une chaleur moite, rampante, dont elle sent confusément la sensualité. Dans son esprit la jonction se fait entre son désert conjugal et la verdeur luxuriante de son empire. Elle devine un décor où renaître, l'humidité chaude qui remonterait par capillarité et viendrait inspirer son époux, peut-être. Elle goûte par anticipation ses noces enfin vengées dans la moiteur de la jungle mexicaine.

Elle sourit, tout ira mieux là-bas, tout s'arrangera. D'ailleurs, ce n'est plus si loin. On approche de la Jamaïque. L'océan lui a semblé petit, très facile à traverser, plein d'animation. Le *Novara* a croisé des navires américains, des corvettes sudistes surtout, condamnées à errer sur le globe tant que durera la guerre de Sécession. On s'est salué de loin, avec respect et courtoisie – révérence discrète, gestes de déférence, sourires. Charlotte a reconnu dans ces forceurs de blocus des gentlemen, des nostalgiques de l'ordre ancien qui regardent dans la même direction, c'est-à-dire par-dessus leur épaule, *laudator temporis acti*. Pour elle, c'est le contraire. Que regretterait-elle du monde ancien dont l'ordre immuable la condamnait à jouer les seconds rôles, fille écartée du trône par la loi salique, épouse d'un cadet interdit de couronne ? Charlotte est tout entière tournée vers l'avenir, et l'avenir c'est cet empire que le Vieux Monde impose au Nouveau, preuve qu'il fait encore la loi sur le globe. À la messe quotidienne célébrée sur le pont, elle a prié pour la victoire des gentlemen sudistes. Par pur idéal ? Pas seulement. Elle sait que le nouvel empire du Mexique est destiné à mettre un frein à l'expansion yankee qui inquiète la France. Texas, Arizona, Californie, Nouveau-Mexique : ces États récemment tombés dans l'escarcelle américaine seront leurs nouveaux voisins. Elle devine que les relations diplomatiques seraient plus fluides si la Confédération gagnait la guerre. Il est toujours plus facile de s'entendre avec des gentlemen : on parle la même langue.

Le reste de la traversée, Charlotte l'a mis à profit pour organiser sa cour, rédiger une sorte d'étiquette inspirée de celle qu'elle a connue en Belgique. Ce sera raffiné et grandiose, un genre de Laeken tropical. Oui, tout s'arrangera. Napoléon III leur a promis une armée de vingt-cinq mille hommes et deux cent soixante-dix millions de francs, de quoi mettre un peu d'ordre en somme. Elle sort de son corsage le billet qu'elle garde toujours sur elle, comme un talisman : « *Vous pouvez être sûre que mon appui ne vous manquera pas pour l'accomplissement de la tâche que vous entreprenez avec tant de courage.* » Elle n'a rien à craindre. C'est l'empereur des Français qui l'a écrit. Un homme de parole et d'honneur, au sens où on l'entend dans notre immortelle Europe.

2.

Samedi 11 juin, midi
Château de Rambouillet

« C'est une mauvaise affaire. À leur place je n'aurais jamais accepté. »

Napoléon III pose sur un guéridon la lettre de Charlotte, postée de Veracruz. Eugénie dévisage son mari. Elle est surprise. Un peu embarrassée, aussi. L'impression d'avoir été la complice d'une duperie. Pas un crime, non, mais un mauvais tour. Elle s'est prise d'affection pour cette Charlotte de Habsbourg qu'elle a accueillie à Paris avec beaucoup de chaleur et d'empressement. C'était si inattendu que ces jeunes mariés acceptent la couronne du Mexique dont personne ne voulait. Si inespéré. Il fallait les amadouer, les flatter aussi. Pour ça, Eugénie s'y entend mieux que personne, elle n'a pas lésiné : promenades sur les Champs-Élysées, visite des grands magasins, opéra, musée, théâtre, boulevards illuminés – elle maîtrise parfaitement les arcanes de la fête parisienne. Elle sait ce qui frappe l'esprit des visiteurs étrangers, ce qui les charme et lui gagne les cœurs.

Mais après avoir joué la comédie diplomatique par sens du devoir, elle l'a accomplie de bonne grâce, par amitié même. L'impératrice du Mexique a encore l'enthousiasme de la jeunesse, une ambition immense, une foi à toute épreuve. Elle est dotée d'une sensibilité vive, elle est fière, intelligente, cultivée. Un peu trop nerveuse, peut-être… Elles ont parlé espagnol : il fallait que Charlotte s'habitue à la langue de son nouvel empire, et Eugénie retrouvait les accents de son enfance andalouse. Cela a renforcé la complicité entre les deux femmes. Quelle joie les *banquetes*, la *graduación*, *las caminatas*, *las conversationes interminables*, quelle ivresse, *qué felicidad*!… Mais ce qui a surtout attendri Eugénie au cours de ce séjour, c'est de percer à jour derrière la façade de la trop parfaite Charlotte des fragilités secrètes. La mort de sa mère à dix ans, qui a tué en elle toute joie, et cette union qu'on devine désastreuse malgré les dénégations de la jeune femme. Habituée des alliances princières et des mariages arrangés, Eugénie sait que les couples mal assortis ne sont pas un malheur en soi, sauf si l'un des deux a la mauvaise idée de tomber amoureux. Or il est évident que Charlotte aime son mari, ce falot rêveur et hésitant, d'un amour absolu. Et non partagé. Eugénie sait reconnaître un époux infidèle. Onze ans que le sien entretient des liaisons adultères, c'est dire si elle a été à bonne école.

« Qu'entendez-vous par "mauvaise affaire" ? demande-t-elle d'une voix étranglée en posant son ouvrage de broderie.

— Rien de plus que ceci : quand le malheureux Maximilien découvrira que la consultation populaire visant à légitimer son pouvoir n'a jamais eu lieu, quand il reconnaîtra que tout son empire se compose de la route de Veracruz à Mexico, et quand, arrivé dans sa capitale, il ne trouvera ni armée, ni finances, ni justice, il ne lui restera que ses yeux pour pleurer. »

Eugénie est pétrifiée. Un instant, son imagination romanesque se représente le couple cahoté sur une route poussiéreuse, entouré de guérilleros aux mines patibulaires. Ce qu'elle voit surtout, c'est le regard désemparé de la jeune Charlotte dans son empire de carton-pâte, suant sous son ombrelle de dentelles achetée au Bon Marché – cadeau d'Eugénie pour emporter un petit morceau de la France, j'insiste, ça me fait tellement plaisir.

« Mon Dieu… c'est horrible. Mais mon ami, vous n'avez pas renoncé à faire du Mexique une grande puissance catholique, pour barrer la route à l'expansionnisme des Yankees ?

— Hum… »

Napoléon tire nerveusement sur son petit cigare. Il n'aime guère parler de politique étrangère avec sa femme, qui juge de l'état du monde à l'aune de son bréviaire. Mais il ne peut négliger son soutien. Eugénie s'est personnellement investie dans ce projet, multipliant les banquets et les ventes de charité pour soutenir la cause du Mexique. L'empereur renâcle à lui dire la vérité sur une expédition qui s'embourbe depuis deux ans dans un gâchis patent d'hommes et d'argent. Comment reconnaître qu'il a engagé son armée sur une terre dont il ignore absolument les réalités ? Que la défaite subie à Puebla a prouvé sa méconnaissance de la situation ? Et que le nouveau régime établi par les Français, entre corruption et brigandage, lui échappe complètement ? Les comptes rendus du général Bazaine, désigné pour commander l'expédition mexicaine, ont beau évoquer « *la dégradation générale de la situation politique et militaire* », il est inconcevable de faire demi-tour. Ce serait un aveu d'échec, et il ne peut pas se le permettre. Pas en ce moment. L'opposition s'en donnerait à cœur joie. Il est déjà fragilisé par la situation économique, avec les usines qui ferment, le chômage qui grimpe, toute l'industrie textile française réduite à rien à cause de la guerre de Sécession et du blocus qui empêche les États confédérés d'exporter leur coton en Europe. Contourner le blocus, faire passer le coton par le Mexique pour l'acheminer en France, voilà ce qui justifie son acharnement. Avec Maximilien et Charlotte de Habsbourg, il joue son va-tout.

« Patience, murmure-t-il en expirant de la fumée. Nous verrons si l'archiduc aura lieu de s'en plaindre… Du reste, il n'a pas grand-chose à perdre… Quel avenir était le sien ? La vie stérile d'un cadet qui ne régnera jamais, condamné à l'oisiveté dans son château de Miramare ? La poésie, les papillons… cela vous occupe un moment, mais après ? Et je crois cette jeune Charlotte capable de suppléer au manque de caractère de son époux… »

Eugénie se rétracte dans son fauteuil. Son mari regarde au loin, ses petits yeux bleus couverts d'une taie transparente… Elle tente de se figurer Charlotte telle qu'elle lui est apparue tout à l'heure, juchée sur un âne, sur la route de Mexico. Mais l'image se refuse, elle ne voit plus que l'impératrice riant devant les comptoirs du Bon Marché, essayant des gants, choisissant des rubans aux couleurs de son nouvel empire – le rouge, le vert, parfaits pour son teint de brune. L'impératrice lui a offert un mouchoir brodé de dentelle d'Alençon sur lequel elle a brodé *SEMPER FIDELIS*. Un gage de fidélité, une façon de s'associer au serment de son mari, vous pouvez être sûre que mon appui ne vous manquera pas. Charlotte était si touchée, *gracias, gracias*. Dans l'émotion générale, Eugénie n'a pas prêté attention à ce mot d'esprit qui a fait le tour de la cour pendant la visite officielle des

Habsbourg. Un calembour qu'on répétait à mi-voix, pendant le bal, derrière les éventails et entre deux verres de porto. Elle saisit à présent toute l'acuité de ce jeu de mots par lequel on appelait les jeunes souverains « les archidupes ».

Soudain, on frappe à la porte. Napoléon se lève brusquement. Il est ainsi. On le croit somnolent à cause de son regard brumeux mais il est à l'affût, trop habitué depuis son enfance aux mauvaises nouvelles, à l'instabilité du pouvoir, à son caractère éphémère. Quand on a vu son oncle vaincu, sa mère exilée, quand on a organisé trois complots et un coup d'État, on n'est jamais somnolent. On en donne l'apparence, pour mieux tromper le destin, c'est tout.

« Majesté, un télégraphe urgent du ministre de la Marine et des Colonies. »

Napoléon déplie le billet qu'on lui tend. Il en parcourt rapidement les lignes : « *J'ai l'honneur de vous rendre compte...* » Des mots étrangers, « *confédérés* », « *Alabama* », « *Semmes* », « *Tycoon* », « *Rockingham* » se mêlent à d'autres plus familiers, « *Cherbourg* », « *amiral Dupouy* », « *Cotentin* ». Le voile retombe devant les paupières de l'empereur et sur cet écran fragile le Nouveau Monde surgit, le Nouveau Monde avec sa guerre civile, trois ans de combats impitoyables, frères contre frères, plus de cinq cent mille morts, et dire qu'on lui reproche, à lui, son régime autoritaire, mais voyez donc où ça mène, la démocratie…

Eugénie se lève à son tour :

« Que se passe-t-il, mon ami ? »

Napoléon replie le billet.

« Un navire américain vient d'entrer dans le port de Cherbourg. »

Eugénie se redresse, très pâle.

« Un navire yankee ?

— Non, un confédéré. L'*Alabama*. »

3.

Samedi 11 juin
Cherbourg

ALABAMA. Il note le nom du navire sur son carnet qu'il glisse dans la poche de sa veste. Mais le mot lui reste en tête avec son assonance insistante, ses quatre *A* plantés solidement sur leurs deux jambes encadrant les consonnes, *ALABAMA*. Il le répète en marchant sur les quais, la tête tournée vers la rade où le navire est ancré. La silhouette noire aimante son regard avec son pavillon de mer, un drapeau blanc à croix bleue étoilée sur fond rouge. *ALABAMA*. Ça vient de là-bas, de l'autre côté de l'Océan, du Nouveau Monde, et pourtant le nom est ancien. C'est un nom d'Indien, gonflé du vent chaud des plaines du Sud, un nom accroché de broussailles, secoué de typhons, un nom gorgé du sang des pionniers, bercé du chant des esclaves. *ALABAMA*. Avec ses quatre *A* et le balancement cadencé de ses syllabes, on dirait les premières notes d'une musique qu'il fait sienne tandis qu'il avance vers la plage des Mielles, les yeux fixés sur le vaisseau sudiste.

Théodore Coupet est arrivé à l'aube à Cherbourg, maussade, fâché de cette mission qu'on lui a confiée au journal, un reportage sur l'inauguration du nouvel établissement des bains. Il en veut à Girardin, son patron, de lui avoir demandé ce papier. Il s'en veut plus encore d'avoir accepté. Après cinq années passées au service de *La Vie française*, il devrait avoir appris à refuser. D'autres, plus jeunes que lui, ont su imposer d'emblée leurs préférences : la diplomatie, la finance, la politique. Lui n'a jamais récolté que les sujets que les autres méprisaient, les thèmes mal-aimés des reporters : inaugurations, vernissages, ventes de charité, soirées qu'on couvre à la demande des hôtes influents. Les ronds de jambe, les mesquineries, c'était pour lui. Très vite il a compris les ressorts faciles de la rubrique mondaine : quelques noms connus, la description des toilettes des dames, des bijoux, des baisemains, le tout saupoudré de quelques propos sarcastiques, des allusions piquantes pour alimenter la rumeur parisienne. Les premiers temps, il s'est employé à la tâche avec zèle : c'était la marche à gravir pour accéder aux rubriques dites « sérieuses ». Mais il faut croire qu'il a déployé trop de talent dans ses articles pour qu'on puisse lui en prêter sur d'autres sujets.

Progressivement, sans même s'en rendre compte, il est devenu le chroniqueur mondain du journal, celui qui sait observer et se faire oublier, prendre des notes sans en avoir l'air, repérer une tenue portée deux fois, deviner dans une valse la grossesse que l'on cache, les blessures d'amour-propre, les regards qui précèdent l'adultère. Il est toujours là, dans l'encadrement de la porte ou adossé à un pilier, invisible, guettant les rumeurs, les scandales étouffés, les grâces et les disgrâces qui rythment la vie des courtisans… Il connaît par cœur les attentes de Girardin qu'il a érigées en principe : « Du monde, encore du monde, mais que du beau monde ! » Ah ça, il en aura vu, du beau monde ! Viollet-le-Duc, Mérimée, Verdi, Delacroix… Au début, bien sûr, il était assez ébahi.

Quand on a passé quinze ans dans un collège jésuite à Rouen, on a les yeux facilement écarquillés. Ensuite on s'habitue. On l'invite, on l'oublie, il est l'hôte transparent devant qui on passe sans s'arrêter, trop petit, trop pâle, trop sérieux avec ses binocles mal ajustés et son air ombrageux.

Sa revanche, il l'a le lendemain, lorsque paraît son article à la rubrique mondaine et que les hôtes se reconnaissent sous les traits de l'ambitieux, l'aguicheuse, le mari jaloux, la demoiselle délaissée par un fiancé trop occupé aux écuries… Les femmes suffoquent, les maris s'indignent, les jeunes filles s'empourprent. Il y a toujours un blanc-bec pour lui demander réparation, jusqu'à ce qu'un ami l'en dissuade, laissez, mon cher, c'est son métier de dire du mal. On mesure son pouvoir à rebours, à regret – les femmes surtout –, et c'est sa revanche sur leur désinvolture et leur indifférence. Il la savoure le soir dans son deux-pièces de la rue Soufflot. Il lui trouve un goût amer et volatil.

ALABAMA. Il a pris le train pour Cherbourg la veille, départ de Saint-Lazare, une place en troisième classe dans un train de nuit, histoire de ne pas discerner la campagne normande dont la seule vue lui fiche le cafard. Depuis qu'il a quitté Rouen pour monter à Paris, il ne supporte pas de s'éloigner de la capitale. Chaque fois, il craint que le train ne s'arrête là, au milieu des champs, et que ne revienne sa jeunesse, ces années de pension chez les Jésuites, à attendre que la vie commence. Les souvenirs le prennent à la gorge, les nuits au dortoir, les mauvais tours qu'on lui jouait, les larmes refoulées sous les draps rêches, à cause de sa mère qui était loin et seule.

Elle lui manquait trop. Il dépérissait, vivait dans l'attente de ses lettres qu'il cachait sous son oreiller, des liasses de papier où l'écriture maternelle, fine, très serrée disait son inquiétude, ses espoirs, tu seras notaire mon fils. Elle l'encourageait à l'effort, avec tendresse, prônait la discipline avec douceur, le suppliait de ne pas se lier avec de mauvais sujets, des paresseux, des cancres – elle en mourrait, disait-elle, et ces mots lui faisaient une impression si forte qu'il les relisait plusieurs fois comme pour en conjurer le sort.

Le père supérieur l'avait convoqué : il connaissait les âmes trop émotives, il le fortifierait, lui ôterait cette sensiblerie, il saurait en faire un homme. Il avait réussi. Un jour, un gamin chétif qu'on appelait « l'Orphelin » avait proposé à Théodore de troquer les lettres maternelles contre un mois de desserts. Ça lui avait coûté mais il avait accepté, avec une désinvolture excessive, à cause des autres qui l'observaient à la dérobée et n'auraient pas manqué de se moquer de lui s'il avait refusé. Au réfectoire, tandis que l'Orphelin dévorait les conseils de sa mère comme s'ils lui étaient adressés, le sourire extasié de recevoir les *mille baisers affectueux* dont la vie l'avait privé, Théodore avalait les deux desserts, d'un air crâne malgré sa gorge nouée. Le soir, il lui demandait pardon en silence, s'endormait en l'imaginant dans sa chambre, drapée dans son éternelle robe de deuil, à genoux sur le prie-Dieu, récitant des chapelets pour ce fils adoré qui avait vendu sa correspondance contre une double ration de riz au lait.

Quinze ans plus tard, elle doit y être encore. Son dos s'est courbé, ses doigts sont engourdis mais c'est le même prie-Dieu cramoisi, le même chapelet égrené, des Pater, des Ave qui rythment ses jours vides. Elle demande maintenant que son fils soit préservé des tentations de la capitale, qu'elle imagine comme une nouvelle Babylone depuis que l'empereur y cultive les plaisirs et les fêtes – c'est-à-dire pour elle : le vice et la débauche. Elle doit implorer le ciel de lui trouver une place plus convenable, une fiancée aussi – même si elle se méfie des demoiselles de Paris qu'on dit légères et infidèles. Il s'est endormi sur cette pensée, l'image de son profil abîmé dans la prière, en se promettant de lui écrire lorsqu'il arriverait à Cherbourg.

Maintenant, il cherche ce qu'il pourrait bien lui dire de cette ville qui se pique de devenir la Brighton française avec son casino, ses hôtels et ses jardins. Combien sont-elles sous l'Empire à caresser ce rêve de riches, ce caprice d'oisifs à la mode ? Cabourg, Dinard, Arcachon, Biarritz, toute la côte a humé de trop près l'ambition de Morny et s'en est enivrée. Chaque ville maintenant rêve de transformer sa mer en baignoire de luxe et ses plages en séchoirs géants – au lieu des poissons, mettez des bourgeoises, à la place des bicoques de pêcheurs des villas à tourelle, avec des noms comme des titres de poèmes : *Beau Rivage*, *Remember*, *Rochambelle*, *Castelroc*. Ça attirera les Anglais d'outre-Manche et les Parisiens de la rive droite. Ils prendront des bains, ils joueront aux courses et à la roulette, ils donneront des bals et des thés dansants.

Seulement Cherbourg n'est pas Cabourg – et n'est pas Morny qui veut. Tous les maires de la côte n'ont pas la chance d'être le bâtard d'une reine, le petit-fils naturel d'un évêque et le demi-frère de l'empereur pour, transformer un port de pêche en ville de plaisirs. Là où Morny a réussi avec Deauville, d'autres peinent à attirer le public. Il y a trop de stations balnéaires et pas assez d'oisifs fortunés, à croire qu'il existe encore dans ce pays des gens qui travaillent et qui peinent, des pauvres qui sont trop occupés à chercher les moyens de survivre pour songer à prendre des bains de mer. Théodore Coupet, l'hôte invisible du grand monde, se sent proche de ceux-là, les pêcheurs, les marins, les poissonnières, tous les indigènes priés de disparaître pour que les Parisiens prennent leurs aises sur les plages – et rangez-moi ces filets, l'odeur nous incommode !

ALABAMA. Il se souvient qu'il avait pourtant insisté pour venir à Cherbourg il y a quelques mois de ça, quand les officiers français embarquaient pour le Mexique. Chaque mois, dans le port de la Manche, de nouveaux régiments partaient pour Veracruz sur des vaisseaux pavoisés aux couleurs de la France. Face à une Amérique expansionniste, l'empereur était décidé à rétablir l'influence française sur le Nouveau Continent. Cela passait par l'établissement d'une sorte de protectorat sur ces terres mexicaines plongées dans l'anarchie. Cela passait d'abord par l'envoi régulier de centaines de sujets chargés d'y établir un empire catholique en toc, à la tête duquel il ambitionnait de placer un prince européen, un archiduc lunaire qu'il avait choisi sans caractère et sans volonté pour mieux le manipuler. Théodore Coupet, qui avait observé l'heureux élu lors de son passage aux Tuileries, serait bien allé les interroger, ces soldats envoyés sur les terres mexicaines pour y ériger le trône du Habsbourg. Il aurait su leur demander ce qu'ils attendaient de cette expédition, sonder leurs motivations, l'argent, l'aventure, la foi ou bien une forme de désespoir, car il ne parvenait de ces terres brûlées que des échos inquiétants, des rumeurs de défaites et de fièvres malignes, et des noms exotiques, *Puebla*, *Totimehuacan*, *Orizaba*, *Camerone*, où des Français mouraient par centaines sans savoir ni pour qui ni pour quoi… D'aucuns disaient que l'armée française s'enlisait dans une guérilla incompréhensible et que l'empereur s'était engagé dans cette expédition avec une totale méconnaissance du terrain. Finalement, ces Mexicains mal armés, indisciplinés, montraient une forme d'acharnement qui ressemblait au courage et mettaient en déroute les meilleurs soldats du monde – à croire que cette notion variait d'une rive à l'autre de l'Océan.

Avec ses questions fines et son sens de l'observation, Coupet aurait su percevoir, derrière la réserve des officiers, ce mépris mal dissimulé des militaires pour un empereur dont le pouvoir, fondé sur la gloire de l'armée, s'inquiétait peu de la sacrifier dans une guerre sans issue. Mais c'est Dorval qu'on avait mis sur l'affaire : le reporter se piquait de politique étrangère, il savait distinguer les grades et les régiments, d'ailleurs son grand-père était grenadier, il avait fait la retraite de Russie et la campagne de France. L'enquête avait échappé à Coupet. Il avait protesté. Le vieux Girardin, pour le consoler, lui assurait qu'il pleuvait toujours à Cherbourg et qu'il serait mieux à Longchamp, où le Jockey Club devait se réunir. Mais ce jour-là, il avait plu également à Longchamp.

ALABAMA. Le nom fait surgir des souvenirs lointains, des histoires d'esclaves rapportées par un père jésuite qui condamnait le maintien d'une institution si contraire à la justice et à la charité. Mais ces idées restaient vagues, étrangères comme ces noms aux sonorités exotiques et incongrues, Savannah, Tennessee, Mississippi.

ALABAMA. Il ne parvenait pas à imaginer qu'un pays puisse brandir la liberté dans une main et le fouet dans l'autre, c'était dissonant, inconcevable. Puis un journaliste revenu d'Amérique avait rapporté des photos à *La Vie française*, et alors il avait vu : des êtres à demi nus, des regards hagards, des chevilles entravées, des dos lacérés de coups de fouet. Une abomination. La moitié d'un peuple alanguie sous des magnolias en fleur quand l'autre était privée de la plénitude de son existence. Ça lui avait retourné le cœur. Depuis, entre deux chroniques mondaines, il guette l'évolution du conflit américain, avec la hâte de voir finir cette pratique abjecte qui jette une ombre sur son idée de la démocratie, de la modernité. Pourtant, il n'est pas dupe. Il sait bien que la question de l'esclavage, si elle a servi de détonateur, n'est pas la seule cause de la guerre civile. L'opposition est plus large, plus profonde, à la fois économique et culturelle, entre les États du Nord et le Vieux Sud – qui veut être du Nouveau Monde en gardant les mœurs de l'Ancien. En France, son indignation n'est pas très partagée. On devine chez Napoléon III des sympathies pour les États confédérés. Si l'Amérique pouvait se fissurer pour de bon, ce serait une véritable aubaine : le Sud ferait alliance avec le Mexique, lui-même allié à la France qui lui a donné un empereur… Cela freinerait l'expansionnisme yankee, entraverait les ambitions d'une Amérique assez arrogante pour croire qu'elle pourrait dominer le monde. On reprendrait les échanges d'autrefois – ton coton contre mon vin de Champagne –, on fermerait les yeux sur l'esclavage qu'on continuerait de dénoncer de loin en loin, on oublierait la promesse jamais tenue d'en finir avec ce crime infâme. Pour l'heure, la France s'est engagée à conserver une neutralité absolue face au conflit américain. La présence du navire sudiste va éprouver la solidité de ce serment. Théodore Coupet ne demande qu'à voir.

ALABAMA. C'est aussi une espérance. Au fond, cette corvette venue mouiller en rade de Cherbourg à trois jours de l'inauguration des bains, c'est sa chance, la porte entrouverte qui lui permettra peut-être de quitter la chronique mondaine. Il aimerait qu'il se passe quelque chose, un changement, une révolution, il ne sait pas quoi au juste. Sa vie demande réparation. Ses ambitions déçues, ses désirs refoulés, les mesquineries du monde, les humiliations se fixent sur ce pavillon confédéré. Il avance en tournant le dos à l'établissement de bains tout neuf, rutilant avec ses cabines de style mauresque, sa galerie vitrée et sa coupole ostentatoire. Du toc. Voilà ce qu'offre l'Empire. Du toc, des décors de carton-pâte, du jeu, du spectacle, des crinolines qui ne cachent rien d'autre qu'un grand vide autour des jambes. On appelle ça la « fête impériale ». C'est un opéra-bouffe géant, dont les protagonistes voudraient donner des leçons au monde entier. L'Empire dégénéré. Lui avait rêvé d'épopées en lisant le *Mémorial* de Las Cases et les romans de Dumas : de la chair, des combats, du sang et des poulets à la broche. Mais l'aventure impériale s'est diluée dans les plaisirs à la fois raffinés et vulgaires dont il est le rapporteur malgré lui. Il pense au Nouveau Monde où les terres sont encore vierges, les combats féroces, les victoires pures. C'est là qu'il faudrait vivre. Maintenant. Avant que Napoléon III ne transforme le Mexique en empire d'opérette avec son Habsbourg de pacotille. Avant qu'il ne corrompe le continent avec les plaisirs frelatés d'une France embourgeoisée et décadente.

À force d'avancer sans regarder devant lui, il percute un promeneur qui marche en sens inverse. Des étoffes tombent sur le sable, il se baisse, les ramasse, pardon, monsieur. Il relève les yeux et se corrige : Pardon, mademoiselle.

4.

Théodore Coupet bredouille des excuses. Il n'a pas fait attention, il avait les yeux fixés sur le navire là-bas – il le désigne d'un geste vague. La fille en face de lui ne suit pas son regard. Elle hausse les épaules, c'est bien la première fois qu'on l'appelle « mademoiselle ».

« Ah ? Et comment vous appelle-t-on ?

— Zélie. Zélie Tissot. »

Elle demeure face à lui, les pieds plantés dans le sable, le regard fier. Elle sourit et une fossette se creuse dans sa joue. C'est à ce moment-là qu'il se rend compte qu'elle est jolie. C'est une ouvrière, vêtue d'une simple blouse noire, un peu trop courte, qui laisse voir ses bottines usées auxquelles il manque des boutons. Des mèches de cheveux blonds s'échappent d'un bonnet grisâtre. Il lui tend les vêtements qu'il a ramassés, des étoffes noires et blanches, raidies par l'amidon.

« C'est ma tenue pour travailler à l'établissement de bains, dit-elle en désignant le nouvel édifice d'un coup de menton. Si je l'abîme avant de commencer mon service, le directeur me passera un sacré savon… C'est pas un type commode, vous savez… »

Elle secoue la robe noire, le tablier blanc plein de sable.

« Hum… M. Alwood, c'est ça ?

— Oui… Enfin ce n'est pas lui que j'ai rencontré. Moi j'ai été embauchée par un gars de Caen, Janvier qu'il s'appelle. Au début, j'ai bien vu qu'il se méfiait. Il a vu postuler tellement d'ouvrières de l'usine, certaines venaient même du Havre, un vrai défilé de blouses grises dans son décor d'aristo. On est toutes au chômage depuis que le coton n'arrive plus, rapport aux Américains qui préfèrent s'écharper plutôt que de nous envoyer la matière à filer. Alors évidemment, quand le pays a su qu'un établissement de bains recrutait du personnel, on a toutes voulu tenter notre chance…

— Les usines ont fermé par ici ?

— Pardi ! Toutes ! Fermanville, Tourlaville, Octeville… Pas de coton, pas de filature. Pas de filature, pas de travail. On est des milliers sur le carreau et d'après ce qu'on dit, le blocus n'est pas près de finir. D'où venez-vous donc ?

— De Paris.

— Je m'en doutais », répond-elle en haussant les épaules.

Elle détaille sa tenue, le chapeau, les chaussures, les guêtres. Elle a un sourire goguenard. Il est embarrassé par ses yeux bleus, très perçants, qui fouillent sa mise citadine comme pour en souligner le ridicule. Il tente de faire diversion :

« Ainsi, vous allez travailler au casino…

— À l'hôtel, plutôt. Femme de chambre, pas le choix. Le casino, mon père n'aurait jamais voulu. Il dit que c'est un lieu pour les cocottes et les baladeuses. Il est forgeron à l'arsenal, mon père. Moi pour sûr, j'aurais préféré autre chose, mais quand on doit gagner sa croûte, c'est pas l'heure de faire sa mâchouilleuse… Pas vrai ? D'ailleurs le travail ne me fait pas peur, j'ai commencé à tisser des draps à dix ans, alors pensez, servir de la limonade à des bourgeoises, à côté de ça, c'est comme des vacances. »

Il hoche la tête, se dit que ça ferait un beau papier pour le journal, cette interview d'une ouvrière : « *De l'usine au casino : itinéraire d'une Cherbourgeoise* ». Mais il sait que les lecteurs de *La Vie française* ne sont guère portés sur le sort des ouvriers, et d'ailleurs Girardin n'acceptera jamais que les galoches sales d'une gamine viennent traîner dans la rubrique mondaine. Pourtant la fille l'intrigue, avec son air crâne et ses yeux très bleus. On dirait qu'elle a envie de parler. Et lui se sent seul.

« Au début, j'ai bien cru que je n'aurais pas la place. Aux bains, ils voulaient des servantes qui avaient de l'expérience, des domestiques, des filles qui ont l'habitude de trimer dans de grandes maisons, chez des bourgeoises qu'ont qu'à lever le petit doigt pour être servies. Le type reluquait mes mains en douce pour voir si elles étaient propres, moi j'avais prévu le coup, je les avais lavées à l'aube, astiqué les ongles et tout le bastringue… Bon, ça n'a pas dû suffire vu qu'il m'a proposé des gants, regardez, j'aurai pas l'air chic avec ça ? » demande-t-elle en exhibant une paire de gants de coton blanc.

Il hoche la tête. Derrière les gants, il voit les mains. Elle a beau les avoir lavées, celles-ci demeurent calleuses, crevassées par les lessives dans les eaux froides du lavoir, les ongles rongés d'inquiétude. Il devine derrière sa fierté l'enfance écourtée, le vrombissement des machines, les coups de sifflet, les gestes mécaniques, la tête vide dans l'espoir du ventre plein.

« Quel âge avez-vous ? »

Il hésite à la tutoyer. Elle est jeune et doit être habituée à ce qu'on lui dise « tu ». Mais il a commencé en la vouvoyant et sent que tout changement risquerait de rompre le fil de leur échange. Elle ne s'en formaliserait pas, bien sûr, mais elle cesserait peut-être de se livrer. Or il aime sa franchise qui tranche avec les paroles qu'il recueille habituellement, mots choisis, précieusement ciselés, taillés comme des diamants ou des flèches, distillés avec parcimonie par les femmes du monde. Elle n'a pas de ces affectations, elle parle en le regardant droit dans les yeux, sans coquetterie, le visage barré de mèches blondes.

« Dix-neuf ans. »

Un instant il l'imagine en servante apportant un verre de brandy dans les salons flambant neufs du nouveau casino, ajustant les rideaux de velours pêche, madame a-t-elle trop de soleil ? Après neuf ans d'usine, quel changement de décor, les tapis, les tentures ! On a beau dire, c'est une aubaine pour les filles du coin, tous ces Parisiens qui veulent soudain prendre les eaux…

« Et ça vous plaît d'être employée dans cet établissement ? demande-t-il en désignant la coupole qui surplombe l'édifice. Ça doit être grandiose… Ceux qui travailleront ici auront de la chance, non ?

— Bah, c'est plutôt ceux qui s'y reposeront qu'auront de la chance… Nous autres, les bonnes, on peut nous obliger à trimer mais on peut pas nous obliger à aimer ça. »

Il plisse les yeux, surpris de cette repartie. Il devine qu'à l'usine on lui aura fourré dans la tête des idées de lutte des classes. Un homme sans doute, un de ces ouvriers qui n'ont que ça à la bouche, la grève, les droits des travailleurs, les salaires. Il lui aura mis dans le crâne ces idées pour la séduire à moindre prix. C'est un vieux truc, d'offrir du rêve quand on n'a rien dans les poches.

Ça ne mange pas de pain. En un éclair, il l'imagine à la sortie de l'usine, appuyée contre le mur de pierre, bercée par les belles paroles d'un jeune syndicaliste qui lui caresse la joue et invente pour elle des lendemains qui chantent.

« Enfin, j'en sais rien en vérité… ajoute-t-elle d'un ton adouci. Prendre des bains de mer, des bains chauds, des bains froids, moi ça ne me dirait rien. La mer, je m'en méfie. Quand je pense à tous les marins qui pourrissent au fond, à cause d'une tempête ou d'un verre de trop, ça me donne des frissons. Non, vrai, je préfère être à terre. »

Il la dévisage et se dit qu'elle ne gardera pas sa place très longtemps. Elle n'a pas baissé les yeux. Pas une seule fois depuis leur rencontre. Elle ne tord pas ses mains sur sa blouse, elle ne mord pas ses lèvres. Elle est fière. Or c'est un emploi pour les filles modestes, celles qui se font pardonner d'exister en étant invisibles. Les clients doivent pouvoir parler, agir, se comporter comme si les femmes de chambre étaient absentes, précisément parce que, même là, elles ne sont pas là. Cette gamine avec ses cheveux blonds, sa fossette et sa fierté n'est pas invisible. Elle existe au contraire, sa présence irradie la plage où les promeneurs traînent leur ennui.

« Eh bien, ajoute-t-il en tendant sa main, nous nous reverrons sûrement… Je suis Théodore Coupet, journaliste à *La Vie française*. »

Elle serre sa main en riant, comme s'il lui faisait une blague.

« Zélie Tissot. Je ne crois pas que nous nous reverrons… ajoute-t-elle en secouant la tête. Mais ça m'est égal… Ça m'a fait plaisir de bavarder un peu…

— Pourquoi ? »

Elle hausse les épaules.

« Parce qu'après vous ne me verrez plus, pardi ! M'sieur Janvier a été très clair : il faudra qu'on soit in-vi-si-bles. Et qu'on n'adresse jamais la parole aux visiteurs, alors… »

Et dans un geste enfantin, elle lève son pouce devant sa bouche, tourne une clef invisible sur ses lèvres avant de la jeter par-dessus son épaule en riant.

5.

Samedi 11 juin, le soir
Mexique

Au nom du Père, du Fils, du Saint-Esprit, amen. L'impératrice Charlotte se signe puis porte le mouchoir parfumé de violette sous son nez. Elle sort sa tête par la fenêtre du carrosse, étire son cou pour mieux voir. Un officier s'approche.

« Ne regardez pas, Votre Majesté ! Nous allons déblayer la route. »

Mais détourner le regard, elle ne le peut pas. Dans sa sidération elle garde les yeux grands ouverts, saisie, comme paralysée d'effroi. Des officiers se précipitent pour évacuer le cadavre étendu au milieu du chemin. Une nuée de corbeaux s'envole et laisse voir un jeune officier français en culotte rouge et veste bleue, brun, le visage jaune barbouillé de grumeaux noirs qui débordent de ses lèvres. À sa chair encore tendre on devine qu'il ne doit pas être mort depuis longtemps, pourtant les oiseaux ont commencé à piquer son estomac et la veste ouverte laisse voir sous la chemise rouge sang un bouillonnement de boyaux en désordre.

Charlotte respire son mouchoir offert par Eugénie qui y a délicatement brodé le serment unissant les deux impératrices de part et d'autre de l'Atlantique : *SEMPER FIDELIS*. À ce souvenir, ses lèvres tremblent. Ce n'est pourtant pas la première fois qu'elle voit une victime du *vomito negro*. Depuis le jour de son débarquement à Veracruz, elle n'a cessé de rencontrer des hommes que la maladie ronge et qui s'efforcent de dissimuler sous des sourires forcés les céphalées, la fièvre, l'épuisement. Combien de soldats français ont été enterrés à la hâte sous un soleil de plomb, dans la terre poussiéreuse des cimetières mexicains, après avoir rendu leurs tripes dans un flot noir intermittent ? L'armée française redoute le *vomito negro* plus que les guérilleros qui vous laissent au moins une chance de vous battre, tandis que la maladie vous terrasse sans souci de laver votre honneur. Charlotte n'a pas tardé à en connaître les symptômes : elle sait repérer un visage rouge et congestionné, des tremblements, une tache noire à la commissure des lèvres. Elle sait évaluer le temps qu'il reste à vivre – entre cinq et dix jours dans le meilleur des cas. Mais jamais encore elle n'avait vu un mort. Elle rentre sa tête dans le carrosse, tourne son visage épouvanté vers Maximilien. Il s'est assoupi.

La voiture reprend sa route bringuebalante. Le soleil darde ses rayons brûlants sur la capote en cuir bouilli. Charlotte se demande si on a laissé le cadavre là par négligence ou, la chose n'est pas impossible, si on l'a disposé *exprès*, comme un signal ou une manifestation d'hostilité pour le couple impérial. Ce ne serait pas la première depuis qu'ils ont mis le pied sur le sol mexicain, c'est-à-dire dans leur propre empire. Elle se souvient du silence glacial à leur arrivée, de la délégation clairsemée qui les a accueillis au port. Elle attendait une foule en liesse, des acclamations, un mariachi, des bouquets de fleurs offerts par des petites filles aux cheveux tressés.

Il n'y a rien eu d'autre qu'un salut très protocolaire de quelques autorités locales, des Indiens payés pour applaudir, le geste mou, le regard morne. Sur la grande place de Veracruz, on avait construit à la hâte un arc de triomphe qu'une bourrasque avait emporté. Les pierres dispersées jonchaient les rues désertes. Partout, un silence de mort, sec comme le sable qui emplissait sa bouche, ses oreilles, piquait ses yeux. Chaque fois que Charlotte se remémore ces premiers instants, une crevasse s'ouvre où s'éboulent ses illusions.

Et elles commencent à être nombreuses, les déceptions qui tapissent son for intérieur. Il y a eu d'abord, à l'approche des Antilles, cette panne de charbon qui a contraint le *Novara* à être remorqué par la *Thémis*, navire français plus grand, plus puissant. Humiliation des souverains mexicains tractés par un navire étranger. Humiliation des Français : leur bateau était une frégate de guerre, non un vulgaire remorqueur. Une honte chasse l'autre : il y a eu ensuite l'accident survenu à Córdoba, à cause d'un essieu brisé qui a contraint à abandonner le carrosse aux armes impériales sur la route. Après des heures passées dans l'inconfort d'une auberge sale, on a trouvé une voiture tirée par des mulets, une voiture aux couleurs de la république mexicaine. Ça a failli faire un scandale, Maximilien a refusé d'y monter. Mais le général Bazaine a insisté : la ville était pauvre, pour sûr, on ne trouverait rien de mieux pour rejoindre Mexico. Du reste on ne pouvait pas s'attarder dans la région, infestée de guérilleros, trop dangereuse. Il a fallu se résoudre, avaler cette couleuvre-là comme les autres, en continuant à sourire.

Depuis, on avance plus lentement. Le paysage a changé. Sur les hauts plateaux, la voiture traverse des forêts de cèdres, des pâturages, des champs de cannes à sucre, de café et de cacao. C'est beau, on respire mieux. Charlotte s'émerveille devant des jardins plantés d'orangers, de grenadiers, de palmiers dont les frondaisons s'étalent comme des dais troués au-dessus de la voiture. Des taches de lumière glissent dans l'habitacle, des nuages de papillons volettent dans l'air chaud et se posent sur le rebord des fenêtres. Parfois on croise des hommes qui reviennent des champs, ils saluent la voiture aux cris de *Viva el Emperador ! Viva la Emperatriz !* Charlotte se penche à la fenêtre, répond d'un signe de la main en souriant. Même si elles sont rares, ces acclamations lui procurent un regain d'énergie. Elle s'en nourrit et éprouve toute l'acuité de cette expression populaire : « donner du cœur au ventre ». Elle en a besoin. Il lui suffit de penser aux portières de sa voiture, à ses cheveux collés sur le haut de son visage las, gris de poussière, à son mari hagard, hébété, pour songer à la piètre image qu'ils doivent donner d'eux-mêmes. Quelle sorte de respect peuvent-ils inspirer, si sales, si fatigués, ballottés par des mulets dans une voiture aux couleurs de la République ? Elle pense à son père, aux convois grandioses dans lesquels il traversait avec elle son royaume flamand. Ce souvenir la blesse. Il ne faudra pas qu'il sache. La chaleur lui paraît s'alourdir sur elle comme une menace, et même les arbres avec leurs fruits lourds comme des grenades prennent un air hostile.

La route n'en finit pas. Ce pays est décidément immense, toutes ces terres, ces collines, ces forêts, ces hommes si divers – Indiens, Mayas, Espagnols, Américains –, comment les rassembler en une seule pensée, un seul empire, sous une même bannière ? La tâche lui semble prométhéenne. Elle a toujours eu le goût des grandes entreprises et une foi inébranlable en son destin, mais il fait si chaud et elle est si seule… Elle aimerait écrire à son frère, l'héritier de la couronne de Belgique, lui dire comme elle est heureuse dans ce pays, dans son empire. Mais mentir par cette chaleur, dans l'inconfort de l'habitacle, exige d'elle une énergie immense… Elle écrira demain soir, quand elle sera enfin arrivée dans son palais, à Mexico, après une halte à la basilique Notre-Dame de Guadalupe. Tout alors lui semblera plus clair. Elle aura une chambre, un vrai lit, des vrais draps, un vrai bureau. Des dames d'honneur, des femmes de chambre. Des fenêtres ouvertes sur le parc, des orangers, des bananiers, des jets d'eau. L'odeur des fruits emplira le château, les palmes chuchoteront dans l'air tiède du soir. Elle écrira que tout est merveilleux et, si ça se trouve, ce sera vrai.

6.

Mardi 14 juin, le matin
Cherbourg

« Entrez, messieurs, je vous en prie ! »

Théodore Coupet suit la cohorte des journalistes dans l'établissement de bains dont l'inauguration officielle est prévue le lendemain. Le directeur, M. Alwood, a tenu à en ouvrir les portes à la presse avant que la foule des curieux ne se précipite dans les couloirs et n'envahisse les salons. Une foule, on sait ce que c'est, ça n'a pas de tête mais des mains qui se posent sur les vases, les rampes cirées, l'étoffe des rideaux ; et des pieds qui foulent les tapis, rayent les parquets, piétinent les massifs. Or les plates-bandes sont superbes dans les jardins du casino, des narcisses, des anémones qui ont déployé leurs corolles pour l'occasion, au milieu des parterres si bien alignés qu'on se croirait à Versailles. Mais en mieux, car Versailles s'est terriblement dégradé au cours du siècle, tandis que le nouveau casino de Cherbourg, lui, est flambant neuf, doté de tout le confort moderne !

Le directeur parle comme une affiche publicitaire, il fait de grands gestes, désigne la galerie « où l'œil rencontre toutes les beautés des campagnes environnantes et de la mer ». Il invite les journalistes à admirer le plan architectural remarquable, n'est-ce pas ? – signe de tête entendu à l'architecte, M. Geufroy, qui prend un air modeste et sourit aux photographes. Derrière lui, l'adjoint au directeur semble aux aguets. Il jette des coups d'œil inquiets au personnel chargé des derniers ajustements, des ouvrières déguisées en femmes de chambre, d'anciens cochers travestis en valets, muets, à cause de cet accent normand qui risquerait de les trahir.

Théodore Coupet cherche l'ouvrière de la plage, la fille à la fossette, mais il ne la voit pas. Elle a peut-être déjà été renvoyée pour inconduite… ou alors elle travaille à se rendre invisible, comme on l'en a priée. Il pourrait s'avancer vers l'une des servantes, demander où est Zélie Tissot, mais il la compromettrait inutilement, on croirait qu'il est son amant, et d'ailleurs que lui dirait-il au juste ? Dans son carnet, il note rapidement l'emplacement du kiosque à musique, le péristyle, le salon de lecture, la salle de billard – ce n'est pas ce qui l'intéresse. Même la salle de jeu du casino, avec ses tables vertes, sa roulette inerte, ses chaises bien rangées semble trop nette : on dirait le boudoir d'une maison de campagne où l'on jouerait au whist en famille le dimanche en digérant un poulet aux girolles. La province a ce don de transformer en intérieur bourgeois astiqué même les antres de la passion, de l'or et du vice. Coupet soupire. Pour l'article, il ajoutera les mots « élégant » « admirable », « harmonieux », proposera comme titre « *La nouvelle Brighton française !* », citera le discours introductif du maire de Cherbourg : « Tout se trouve réuni pour les baigneurs, et ni Trouville ni Dieppe ne peuvent offrir plus de confort et plus de commodités. »

Bon, voilà pour le décor. Maintenant, il voudrait que la scène s'anime. Que les salons trop neufs s'emplissent d'une foule avide de plaisirs et de jeux, une foule comme il les aime, de femmes corsetées et d'hommes à chapeau claque, avec leurs lots de soucis, d'ambitions, d'amours contrariées. Car ses lecteurs se moquent des subtilités architecturales, ce qu'ils veulent ce sont des fortunes et des revers de fortune. Avec un casino comme pivot central de la vie balnéaire, ils ne devraient pas être déçus. Charge maintenant aux acteurs de l'opéra-bouffe qui se prépare de se montrer à la hauteur de la scène. Il ne suffit pas de miser sur des cartes ou sur une bille, il faut encore savoir miser gros, défier la chance, mettre en jeu ses écuries, son hôtel particulier, son château, les bijoux de sa femme. Pas sûr que les Normands, trop prudents, aient ce goût du risque, ce panache du geste. Il faut espérer que les Parisiens viendront enflammer les tapis verts de leurs propres vices, et se pencher un peu au-dessus des écueils où les fortunes se brisent.

Attirer les Parisiens, c'est aussi ce qu'aimerait le maire qui annonce, non sans lyrisme, que « la ville va s'ouvrir pour accueillir ce monde élégant venu de la capitale demander aux flots de la mer une salutaire réparation des fatigues causées par les plaisirs et les occupations de l'hiver ». Un silence. L'élu observe l'assemblée en hochant la tête, comme si ses déclarations donnaient lieu à un quelconque flottement méditatif. Les journalistes prennent des notes, certains allument une cigarette. Le maire reprend :

« Les 18 et 19 juin prochains, en accord avec M. Morel-Lavallée, chef de gare principal, la Compagnie des chemins de fer de l'Ouest mettra en circulation le premier train de plaisir de l'année. Pour seize francs aller-retour en seconde classe et douze francs en troisième, les Parisiens pourront venir à Cherbourg goûter aux joies des bains de mer et du casino ! »

Théodore Coupet fait la moue. À seize francs le voyage, la proposition risque surtout d'attirer des familles économes, plus sensibles aux vertus de l'air marin qu'aux bouillants plaisirs de la roulette. Il réprime un bâillement, s'appuie contre le billard. Le maire poursuit son discours emphatique qui se transforme en un long bourdonnement. Coupet est pris d'un soudain découragement, c'est la fatigue du voyage ou bien l'air engourdi de Cherbourg, cette petitesse de la vie provinciale qui suinte dans les ruelles des villes de garnison, et que même la mer ne lave pas, empêtrée qu'elle est entre les bras de la rade de pierre. L'image de l'*Alabama* lui revient, sa silhouette noire, les treize étoiles de son drapeau qui claque au vent. À vrai dire, elle ne l'a jamais vraiment quitté, elle l'a poursuivi cette nuit, dans sa mauvaise chambre d'auberge que le navire visitait avec ses batailles, ses rêves de gloire accrochés à sa poupe, trimballés sur la surface du globe, et tous ces prisonniers à son bord, glanés sur les mers, à la faveur d'anciennes victoires. La nostalgie de l'action est une maîtresse impérieuse qui s'invite dans son lit dès qu'il ferme les yeux.

Ce matin, à l'auberge du Lion d'Or, on ne parlait que de ça. Les pêcheurs qui rentraient du port, les ouvriers qui partaient à l'arsenal, tous attablés devant des bols de cidre pour se passer le flambeau du travail, tous aimantés par le vaisseau fantôme venu du Nouveau Monde. Les marins disaient avoir vu les prisonniers débarquer la veille dans le port, à la lueur des torches. Ils étaient une quarantaine environ, entreposés sur des baleinières à baragouiner dans une langue qu'on ne comprenait pas, il y avait même une femme et une enfant, dont on se demandait bien ce qu'elles allaient devenir, sans protecteur, sur cette terre normande… Là-dessus les hommes étaient tous d'accord, personne n'aurait aimé être à la place de ces malheureux perdus dans un pays étranger quand le leur était en feu de l'autre côté de l'Océan…

Quant à décider qui avait raison et qui avait tort, on s'en moquait bien. Même : on ne voulait pas le savoir. Ce qu'on voulait, c'était que le coton puisse circuler à nouveau, à cause des femmes qui étaient au chômage depuis la fermeture des usines textiles. Or pour que le coton circule, il fallait que le Sud gagne, aussi avait-on naturellement de la sympathie pour ce navire invaincu, auréolé de ses victoires maritimes, soixante-neuf prises disait-on, soixante-neuf navires nordistes arraisonnés puis brûlés, des centaines de prisonniers et un trésor de cinq millions de dollars. Cinq millions de dollars, vous entendez ! Un chiffre à donner le tournis aux joueurs du casino qu'on devait inaugurer tantôt sur la plage. Un marin a désigné d'un coup de menton Théodore Coupet. Le journaliste, retranché dans un angle de la pièce, l'oreille aux aguets, s'est levé brusquement, a jeté sa clef sur le comptoir, je dois sortir, immédiatement.

Il devait les interroger, il s'y sentait poussé par une curiosité impérieuse. Bien sûr ça n'entrait pas dans la rubrique mondaine, mais il était attiré par autre chose, la force aimantée d'une vie de risques et d'aventures dont il était exclu. Il voulait savoir à quoi pouvaient ressembler les jours, de quelle matière étaient les heures sur un navire condamné à errer sur les mers, cet exil mobile de vingt-deux mois, assorti de batailles, depuis que le blocus yankee interdisait aux navires sudistes de rentrer en Amérique. Il éprouvait une sympathie immédiate pour ces prisonniers nordistes, qui partageaient son aversion pour l'esclavage, son goût farouche de la liberté. Avec eux, il aurait parlé d'émancipation, de Lincoln, de batailles : Bull Run, Shiloh, Vicksburg, Gettysburg, dont il avait suivi l'évolution avec avidité – quelques lignes dans les journaux français.

Il a arpenté les rues de la ville, erré sur le port, autour de l'arsenal où des ouvriers le regardaient avec méfiance. Il s'est attardé sur les places, sur les marchés, l'oreille tendue pour percevoir l'accent américain. Mais il n'y avait rien d'autre que celui des fermières auréolées de coiffes blanches qui vendaient du beurre et de grandes jattes de lait sur la place du théâtre. Les prisonniers s'étaient évaporés dans les brumes de la ville, nul ne les avait vus, c'était à se demander si les marins n'avaient pas rêvé cette libération nocturne dont il ne restait aucune trace… Du reste, le sujet n'intéressait pas les habitants de la ville qui se préparaient à l'inauguration des bains de mer, on ne parlait que de ça, il y aurait une bénédiction, un banquet, un feu d'artifice, un bal. Les Cherbourgeoises peaufinaient leurs toilettes, les couturières gonflaient les crinolines de jupons, les hommes spéculaient sur les cartes du casino, l'orchestre répétait les valses à la mode : il n'y avait pas de place dans la ville pour la guerre du Nouveau Monde quand l'ancien présentait encore tant de charmes. Les tragédies pouvaient attendre ; la France, lessivée par les secousses à répétition du siècle, voulait croire à sa nouvelle jeunesse, elle s'amusait encore. Le jeu, les bals, les spectacles, les grands magasins, les courses hippiques : on avait tout sorti, déballé tout ce qui restait de plaisirs pour l'étourdir afin qu'elle oublie son âge. L'Amérique pouvait s'embraser pour des histoires de terres ou d'esclaves, il n'était pas question qu'elle vienne troubler la fête impériale. Dépité, Théodore Coupet a abandonné la quête des prisonniers fantômes. Il ne parlerait pas de Lincoln, ni de Grant, ni de Sheridan. Il parlerait de roulette, de mousseline, de crinolines. Il en suffoquait de colère.

Maintenant, entouré d'une nuée de confrères, il avance sur la plage des Mielles d'un pas las, à la suite des autorités qui veulent offrir à la presse une vue d'ensemble de l'édifice. Il s'enfonce dans le sol meuble, le sable pénètre dans ses guêtres, leste ses chaussures de cuir. Dans son dos, il devine l'*Alabama* qui le toise de sa silhouette glorieuse tandis qu'il opine du chef aux fanfaronnades de l'élu local. Le soleil l'aveugle, il cligne des yeux. Il pense aux prisonniers, au papier sensationnel qu'il aurait pu faire avec leurs témoignages s'ils ne s'étaient pas évaporés dans les rues de Cherbourg. S'il n'avait pas été qu'un chroniqueur mondain. Ce regret l'étouffe, ou bien est-ce sa cravate de soie noire trop serrée comme le reste, les guêtres, le gilet, la redingote empesée ? Il se sent comme un navire lourd de lui-même, victime d'un blocus invisible qui le tiendrait éloigné de sa propre rive.

« À droite, les cabines de bain ! Celles-ci sont de style mauresque », précise le maire en dévoilant une succession d'abris réservés aux baigneurs, dont les portes arabisantes se découpent dans le ciel normand.

Quelques exclamations, des hochements de tête devant ce décor oriental en carton-pâte. Constantinople-en-Cotentin ou Casablanca-sur-Mer, c'est toujours la même illusion du voyage factice, un Orient de pacotille pour oisifs avides de dépaysement immobile. Son voisin dessine en quelques traits l'édifice. Un journaliste pose son appareil dans le sable pour prendre une photo. Soudain, une ombre surgit derrière la colonne mauresque. C'est une femme, visiblement embarrassée de se trouver sur le parcours de la visite officielle. À son regard étonné, à ses gestes ralentis, on dirait que la délégation vient de la tirer d'un rêve. Elle s'incline, bredouille des excuses inaudibles, défroisse sa crinoline du plat de la main, puis, dissimulant son visage derrière un éventail en dentelles défraîchies, elle s'éloigne sans bruit. Les hommes restent un instant interdits devant cette apparition fantomatique. Théodore Coupet sort de sa torpeur. Les marins ont parlé d'une femme débarquée dans la nuit. Serait-ce elle, la prisonnière de l'*Alabama* ? Son cœur accélère. Peut-être s'est-elle endormie dans une cabine de bain déserte ? S'il osait, il la suivrait sur la plage où elle a disparu.

« Vous l'avez reconnue ? », demande son voisin avec un mouvement de menton en direction de la silhouette fuyante.

Le journaliste secoue la tête.

« C'est Mathilde des Ramures, la femme du comte ruiné, vous savez, le joueur… J'avais entendu dire qu'il était parti au Mexique avec son régiment mais j'ignorais qu'il avait laissé sa femme au port. Sans doute ne lui aura-t-il même pas donné de quoi payer un billet pour rentrer à Paris… », ajoute-t-il en allumant une cigarette.

Coupet hausse les épaules, dépité. Les histoires d'aristocrates ruinés au casino, il en connaît des centaines. Le Bottin de Paris est plein de ces noms des vieilles lignées qui achèvent de dilapider sur le tapis vert les terres acquises par leurs ancêtres à la pointe de l'épée. Vice de l'aristocratie en un siècle bourgeois, ou sursaut d'orgueil : après tout, le jeu est une façon comme une autre de défier l'équilibre d'une société fondée sur le travail et l'argent. Mais le visage de la femme lui reste en mémoire, ou plutôt cette vision éphémère d'une créature hybride et féerique, comme on en croise dans les contes, corps de mousseline et tête de dentelles, évaporée entre les colonnes mauresques trop neuves de la plage des Mielles. Il lui en veut un peu d'être si bêtement identifiable, si simplement elle-même, c'est-à-dire la femme d'un autre. Il aurait aimé qu'elle soit une rescapée des prises de l'*Alabama* qu'il aurait pu poursuivre et interroger… Ce capitaine Semmes vous a-t-il bien traitée ? *Is he a real gentleman ?* Où étiez-vous logée ? Comment, avec qui ? Une femme comme elle, sur un navire plein de mercenaires, de matelots, de prisonniers qui n'en ont pas vu depuis si longtemps, on doit la mettre sous les verrous pour éviter qu'elle n'attise les désirs des hommes, qu'elle ne divise l'équipage, ne suscite des jalousies. Sans compter les nombreuses superstitions qui circulent en mer, la crainte d'une tempête, d'un naufrage que la présence féminine attiserait.

Soudain, une rumeur attire l'attention de l'assemblée. Toutes les têtes se tournent vers la mer. Un navire de guerre américain traverse la rade, passe devant la corvette confédérée, en ressort aussitôt par l'ouest et jette l'ancre derrière la digue. Coupet se frotte les yeux, comme pour dissiper l'illusion d'un mirage causé par le soleil. Mais le navire yankee est toujours là. Il sort sa montre à gousset de son gilet.

Il est midi et demi, heure d'été française, et le *Kearsarge* vient de défier l'*Alabama*.

7.

Mardi 14 juin, le soir
Rade de Cherbourg

C'est comme ça que commencent les tragédies, sans bruit, sans alarme, sous un soleil radieux, tandis que des enfants rient sur une plage : un navire entre dans la rade, passe devant un autre et en sort. Il n'y a pas eu de tir de canons, ni de coups de semonce, ni de paroles proférées. Tout au plus un échange de regards entre les marins de corvée sur le pont, qui ont levé les yeux vers leurs compatriotes, c'est-à-dire leurs adversaires. Le temps est clair, la mer presque lisse, la rade immobile comme si elle attendait la suite en silence. Le capitaine Semmes de l'*Alabama* a vu passer le *Kearsarge* qui depuis croise devant la digue, en un va-et-vient incessant à la sortie de la rade, comme un prédateur qui attend sa proie. Les intentions du navire yankee ne font aucun doute : le vaisseau arrive en rade de Cherbourg pour le couler ou, à défaut, pour le bloquer définitivement. Raphael Semmes n'a qu'une alternative : se laisser interner ou se battre. Il sait qui commande le bâtiment ennemi : Winslow, homme de la Caroline du Nord, a été son camarade de promotion, et même de cabine sur le *Raritan* où ils sont rentrés ensemble de la guerre du Mexique. Les deux hommes ont eu des carrières parallèles au sein de l'US Navy. Ils se connaissent, ils s'estiment, ils sont hommes d'honneur, ils savent reconnaître un défi et plus encore le relever : ils vont se battre.

Le capitaine sudiste appelle le lieutenant John Kell dans son bureau. Avec son second, il fait le tour des atouts propres à chacun des deux navires. Cet examen technique ne joue pas en faveur de l'*Alabama*. Sa croisière échevelée aux quatre coins du globe a épuisé le bâtiment et son équipage. Le doublage de cuivre sous la ligne de flottaison s'étale en éventail, la coque est couvertes d'algues, les munitions sont vieilles et la poudre défectueuse à cause des variations climatiques. Mieux entretenu, mieux armé, l'unioniste a tout pour gagner. Mais, le capitaine sudiste en est convaincu, la supériorité de l'*Alabama* est ailleurs : dans l'orgueil inflexible, l'amour de la gloire, tout l'honneur du Vieux Sud qu'il transporte dans ses cales comme une arme secrète sur les mers indifférentes.

Semmes allume un cigare. Il pense au combat qu'il va offrir aux Français. Une reproduction miniature du conflit qui ravage son pays, importé dans l'intimité de la rade normande. Son goût du panache s'exalte à l'idée de cette mise en scène : une naumachie moderne sous le soleil du Cotentin. Le lieutenant Kell insiste : la situation ne leur est pas favorable. Le capitaine balaie cette objection d'un geste désinvolte. Tout dépend des spectateurs. Ce sont eux qui décident de l'issue d'un combat. Il s'est renseigné : la ville de Cherbourg est pleine de notables, d'officiers, d'aristocrates rêveuses et de châtelains guindés. Un bon point. D'ouvrières désœuvrées, aussi, qui attendent que la victoire du Sud rende le précieux coton qui manque à leurs filatures. Encore mieux. Il compte sur leurs regards pour galvaniser son équipage. *You see ?* Si le public est pour nous, alors la victoire est sûre, ou presque.

L'autre est dubitatif : comment faire pour s'assurer du soutien des spectateurs ?

« Nous allons accueillir les Français, les inviter sur le navire, s'attirer leur sympathie. Nous irons à leurs fêtes. Ils vont nous préférer.

— Mais si le *Kearsarge* fait de même ? »

Semmes secoue la tête. Nuage de fumée, sourire aristocratique.

« Aucune chance : le nom de l'autre est imprononçable en français. »

Indeed. Le lieutenant Kell salue, à vos ordres mon commandant. Il monte sur le pont, fait abattre les vergues du mât d'artimon et du perroquet au cas où… Lorsqu'il tourne la tête vers l'ouest, il voit le trois-mâts ennemi qui louvoie devant la digue en silence.

Les tragédies ne font pas de bruit, sauf peut-être le cliquetis des télégraphes. Et d'abord ceux que le vice-amiral Dupouy envoie frénétiquement au ministre de la Marine Chasseloup-Laubat depuis deux jours. Le préfet maritime s'éponge le front, il a les mains moites. Il vient à peine de commencer sa carrière à l'amirauté de Cherbourg que lui tombent du ciel deux navires ennemis qui menacent de compromettre la neutralité française. Il paraît que l'empereur, déjà passablement préoccupé par la guerre mexicaine, s'est montré très attentif à cette affaire et qu'il a demandé au ministre qu'on l'informe précisément de l'évolution de la situation. Depuis hier, le préfet maritime Dupouy se sent surveillé, comme si Napoléon III avait sa lunette braquée par-dessus son épaule. Un faux pas est si vite arrivé. Chaque fois qu'un officier américain envoyé par l'un des deux navires demande à le voir, Dupouy est sur ses gardes. Il accueille la délégation avec une appréhension visible. Il redoute plus que tout un affrontement entre les deux belligérants. On dit que ce Semmes est le genre d'homme à mettre le sens de l'honneur au-dessus des lois, un aventurier brillant, charismatique, imprévisible. Dangereux. L'autre serait plus raisonnable avec son caractère ombrageux, austère. Mais ces deux-là sont des Américains et personne ne peut prédire les agissements de ces hommes enfoncés depuis presque quatre ans dans une guerre civile sanglante, quand on croyait leur démocratie garante de la paix et de la concorde.

À chacune de leurs demandes, Dupouy en réfère au ministre pour savoir quel comportement adopter. *Clic, clic, clic.* Il ne s'agirait pas de commettre une erreur à l'heure où l'empereur, peut-être même la France, a les yeux braqués sur lui. *Clic, clic, clic.* Les messages se succèdent sur les fils du télégraphe entre Cherbourg et Paris. *Clic.* Le capitaine Semmes sollicite son entrée dans un bassin de l'arsenal pour procéder aux réparations de sa corvette. Réponse du ministère : « Oui. » Le capitaine Semmes demande l'autorisation de débarquer une quarantaine de prisonniers. « Oui. » Un navire unioniste, commandé par le capitaine Winslow, est entré dans la rade de Cherbourg à midi et demi par l'est. Il l'a traversée par l'ouest et louvoie depuis à l'entrée de la rade. « Bien reçu. » Le capitaine Winslow demande l'autorisation de prendre à son bord les prisonniers récemment débarqués de l'Alabama. « Non. » Le capitaine Semmes renonce à ses réparations mais demande à s'approvisionner en charbon. « Oui. » *Clic, clic, clic.* Le préfet maritime dicte les textes d'une voix étranglée, le doigt du télégraphiste pianote nerveusement, les ondes se propagent, la tragédie traverse les fils sur lesquels des hirondelles s'ébrouent, les messages se croisent jusqu'à ce billet remis par un émissaire sudiste à la tombée de la nuit. Auguste Dupouy déchiffre en tremblant :

« CSS Alabama
Cherbourg, le 14 juin
Monsieur, j'ai cru comprendre que vous aviez été informé par le consul des États-Unis que le Kearsarge était venu pour prendre uniquement des prisonniers que j'avais mis à terre et que je devais partir dans les vingt-quatre heures.
Je désire que vous fassiez connaître au consul US que mon intention est d'accepter le combat avec le Kearsarge aussitôt que j'aurai fait effectuer les réparations nécessaires.
J'ai l'honneur d'être...
Capitaine Raphael Semmes »

Madeleine Dupouy passe une tête dans le bureau de son mari :

« Encore debout ? Vous devriez aller vous reposer, mon ami. Demain, ce sont les festivités de l'inauguration, vous serez épuisé si vous ne dormez pas… N'oubliez pas le bal… »

Les festivités ? Dupouy se frappe le front. Justement si, il les avait oubliées… la bénédiction, le banquet, la soirée. Et dire qu'il s'est réjoui de cette fête qui marquait sa prise de fonctions… Qui sait ce qui va se jouer dans la rade pendant qu'il s'emplira l'estomac d'ortolans ? Nouvelles sueurs froides. Il imagine les deux bateaux combattant pendant qu'il ouvre le bal avec la femme du maire, les corps des marins qui se noient quand d'autres tournoient au son de l'orchestre, le feu d'artifice qui embrase le ciel tandis que les voiles s'enflamment, ces épaves, ces corps précipités, les fortunes perdues et les canons rouillés, toute la démocratie américaine qui sombre au fond de la rade normande. Un vertige le prend, il se laisse tomber sur une chaise, ferme les yeux. La main de sa femme se glisse derrière son cou. Il en respire le parfum, la presse un instant contre sa joue. Il se sent très vieux tout à coup, trop vieux pour la fonction. Il savait bien qu'il n'était pas fait pour ces responsabilités, ces règlements, toute cette paperasse exténuante. Il l'avait deviné. Du reste il a toujours pensé que sa place était sur un navire, pas dans un bureau, encore moins à faire des ronds de jambe aux autorités locales, cher monsieur le maire, après vous monsieur le préfet… Tout ça pour quoi ? Des cabines de bain mauresques, des roulettes, un tapis vert, toute la vanité de la vie à terre qui s'étale sur la plage pendant que des vaisseaux se défient loin des baigneurs. Il n'aurait jamais dû accepter. Mais il s'est laissé flatter, il a craint l'inaction, la solitude, le lot de la vieillesse des marins qui ont trop combattu pour goûter un jour au repos.

Il rouvre les yeux, baise la main de sa femme.

« Allez vous coucher, ma chère, je vous rejoins. »

Aussitôt, *clic, clic*, la tragédie reprend sa course, les fils du télégraphe frissonnent, le ministre répond par des instructions claires : « Faire respecter à tout prix l'impartialité de la France et son intégrité territoriale. » Auguste Dupouy promet : « J'empêcherai que le combat ait lieu à moins de quatre à cinq milles de la côte. Je m'assurerai par ailleurs que le *Kearsarge* s'éloigne davantage en attendant le duel. » Il ne faudrait pas qu'on l'accuse d'avoir laissé le nordiste bloquer la sortie de la rade. Par ailleurs, il veut permettre à l'*Alabama* de s'esquiver sans être empêché par le *Kearsarge*. Il sait pourtant que cette précaution est inutile : s'esquiver, ça n'entre pas dans le vocabulaire d'un gentleman. Et Semmes en est un, d'après ce qu'on en dit. *Clic, clic*, le télégraphiste transmet au ministre, il lève les yeux vers le préfet maritime : *Kearsarge* ? Il a un doute sur l'orthographe. Mais l'autre est sorti sur le balcon de l'amirauté d'où il contemple la rade endormie dans l'air tiède de juin. Le télégraphiste n'ose pas le déranger. Il hésite, hausse les épaules puis tape « *Kersaege* ». *Kersaege*, quelle idée, ce nom imprononçable.

8.

Même jour
Mexico

« Acheiropoïète. »

L'empereur du Mexique fronce les sourcils.

« Aché… ? Vraiment ? »

Charlotte est formelle :

« C'est le nom que l'on donne à l'image miraculeuse de la Vierge qui s'est imprimée sur la *tilma*, la cape si vous préférez : *a-che-i-ro-po-ï-ète.* »

Maximilien de Habsbourg soupire. Son regard erre sur les collines qui entourent Mexico. Ils sont maintenant tout près de la capitale, pourtant elle ne lui a jamais semblé si lointaine à cause de cette étape voulue par son épouse à Notre-Dame de Guadalupe, une messe qui va durer des heures, sous un soleil de plomb, des prières interminables pour demander des grâces, des bénédictions, du courage peut-être, des conseils, tout ce qui pourra favoriser la création d'un immense empire catholique et latin au sud de l'Amérique – et accessoirement écouler les balles de coton sudistes, ce qu'on se gardera de préciser dans les prières.

« Acheiropoïète, vous vous en souviendrez ? », insiste Charlotte.

Maximilien ne répond pas, il a la gorge sèche à cause de la chaleur et des étoupes de poussière que la voiture soulève sur le chemin de terre qui mène au sanctuaire. Charlotte s'évente nerveusement. Elle tient à ce que son époux fasse bonne impression dans la basilique mexicaine où est exposé le manteau de Juan Diego, cet Indien à qui la Vierge est apparue un jour de décembre 1531. Avant même d'embarquer pour le Mexique, elle connaissait cette histoire merveilleuse où se mêlent le zèle évangélisateur espagnol, la foi populaire, des jésuites, des miracles, un manteau étoilé et des roses en plein hiver. L'histoire a plus de trois cents ans, il en reste l'image de la Vierge miraculeusement imprimée sur la cape de l'Indien converti, et, sur le lieu même de l'apparition, au pied de la colline de Tepeyac, la basilique *Nuestra Señora de Guadalupe*, dernière halte avant que le couple impérial fasse son entrée triomphale dans Mexico.

Charlotte se mord les lèvres. Triomphale peut-être, triomphale si Dieu le veut. L'arrivée désolée à Veracruz, l'hostilité des Indiens, les arcs de triomphe balayés par les vents, les comités d'accueil clairsemés, le *vomito negro*, les cadavres sur la route ont affaibli son assurance, ébranlé ses certitudes. La basilique, lieu de tous les miracles, tombe à point nommé : Charlotte a besoin de retrouver la foi nécessaire, cet élan mystique qui l'a poussée vers le Nouveau Monde pour y établir un empire catholique. Elle va prier pour que l'entrée à Mexico inaugure un règne long et heureux, faites de nous, Seigneur, les instruments de l'ordre et de la prospérité du Mexique. Mais est-ce que Dieu exauce ce genre de demande ? Est-ce qu'Il se mêle des empires terrestres, celui qui a dit « Mon royaume n'est pas de ce monde » ? Elle se souvient de son entretien avec le pape lors de leur escale à Rome, les paroles mesurées du souverain pontife qui n'a pas manifesté beaucoup d'enthousiasme à l'idée que ces deux-là agissent pour le compte de l'Église. Sa prudence. Son modérantisme. Elle grimace. Sa pusillanimité. Il a fini par accorder sa bénédiction du bout des lèvres, du bout des doigts, elle a remercié mais elle s'exaspérait de tant de lâcheté tandis que Maximilien s'inquiétait, c'est de mauvais augure tout de même.

Au fur et à mesure que la voiture se rapproche du sanctuaire, la foule des pèlerins est plus dense, augmentée d'Indiens en guenilles, de femmes dépeignées qui égrènent des chapelets, d'enfants qui pleurent, qui traînent leurs pieds nus dans la poussière du chemin. Ils avancent sans regarder la voiture fatiguée qui bringuebale leurs souverains, ils ont les yeux fixés sur la flèche de la basilique, les mains pleines de prières, donnez-nous notre pain quotidien, une bonne récolte, des terres, de l'eau, la santé, le pardon, le retour du mari, la guérison de l'enfant, toutes les plaintes des hommes qui peinent et qui souffrent sous un soleil sans merci. Charlotte se recule un peu sur la banquette, abaisse sa mantille. Elle devrait être saisie de pitié, après tout, ces hommes, ces femmes ce sont ses sujets, mais la foule qui grossit l'inquiète, elle devine qu'il faudrait peu de choses, un degré de plus, une exhortation, un coup de fusil pour que les prières deviennent colère, se détournent de la Vierge et se retournent contre elle. Maintenant elle regarde avec inquiétude le troupeau qui va, elle suit obstinément le flot des fidèles comme pour les maintenir en ordre sous ses yeux. Cette cohue en guenilles, ce sont les révolutions de demain, les ventres affamés, les poings levés qui cassent les vitres, les bouches déformées qui réclament les têtes, toutes les convulsions d'un peuple écrasé de souffrances dont le chemin dévie du sanctuaire et se dirige vers le palais impérial. Soudain, elle sent une main qui saisit la sienne, elle tressaille, jette à Maximilien un regard plein d'effroi.

« Je crois que nous y sommes », déclare-t-il calmement.

En effet ils y sont, et découvrent devant la basilique baroque des centaines de calèches ouvertes, occupées par des Mexicaines en robes à crinoline et ombrelles de dentelle, des cavaliers en habits noirs gantés de blancs, des militaires français en grand uniforme, des généraux, un archevêque, des prêtres aux soutanes empoussiérées, tous les accueillent au cri de « *Viva el Emperador, viva la Emperatriz !* » tandis que des soldats repoussent la foule qui joue des coudes pour entrer dans le sanctuaire. Charlotte tourne la tête à droite, à gauche, étourdie par les acclamations, enivrée par les applaudissements. Elle sourit, elle salue, pleinement impératrice pour la première fois depuis le début du voyage, ce qu'elle a toujours voulu être, ce qu'elle a toujours été. À son côté Maximilien répond avec enthousiasme aux ovations, il la regarde les yeux brillants, voyez comme on nous aime. Elle se dit que Dieu l'a exaucée en lui accordant la gloire avant même qu'elle L'ait imploré, mais est-ce vraiment Dieu ?

En une seconde, son sourire s'éteint. Après tout le Christ aussi a eu son heure de gloire, il n'a pas méprisé ce bonheur trop humain d'être acclamé, juché sur son âne, sous la voûte des rameaux tandis qu'il entrait dans Jérusalem… Une angoisse la saisit. Jérusalem… C'est le lieu de l'agonie, la montée au Calvaire. Soudain elle se retourne, elle entend les cris, les pleurs, les prières qui finissent en sanglots derrière le cordon militaire qui contient la foule, *per favor, per favor*. Les mots du pape lui reviennent par bribes, comment était-ce déjà ? Le droit des peuples, le respect de ses volontés… Monseigneur Labastida l'invite à pénétrer dans le sanctuaire, si Sa Majesté veut bien se donner la peine, la fraîcheur de l'édifice la saisit, l'obscurité la happe et soudain ce silence… Les portes se referment. Derrière, elle sent le peuple qui enfle comme un cœur comprimé. Alors elle ne sait plus très bien ce qu'elle doit demander dans ses prières, ni si Dieu est encore avec elle ou s'Il est resté derrière, sous le soleil du parvis, avec les fidèles refoulés.

9.

Mercredi 15 juin
Cherbourg

C'est difficile de contenir une foule. Du moins c'est ce que pense Théodore en observant le commissaire Barbedor, chargé de celle qui se presse aux grilles du nouveau casino de Cherbourg. Ils sont nombreux, les badauds venus guetter dès l'aube les autorités qui s'apprêtent à inaugurer l'établissement tout neuf, celui qui doit transformer cette ville laborieuse en une cité de jeux et de plaisirs. Mais on ne voit pas grand-chose derrière les grilles qui s'ouvrent pour laisser entrer des calèches rutilantes d'où dépassent des visages satisfaits. On remarque des ombrelles de dentelle fine, des chapeaux à plumes, des hauts-de-forme sévères, des bicornes militaires, tout un défilé de couvre-chefs élégants que les invités ôtent pour se saluer d'un landau à l'autre, vous ici ? Quelle joie, mon cher… Pourvu que le temps se maintienne. C'est vrai que le soleil brille déjà fort, et que le vent léger semble avoir été commandé spécialement pour bercer les branches des palmiers qui ombragent le casino. On dirait qu'avec ce nouveau bâtiment le temps de Cherbourg aussi va changer, que c'en sera fini du ciel uniforme qui pèse sur la ville, des pluies pénétrantes sur l'arsenal, toute cette grisaille qui obscurcit la rade. L'illusion est parfaite et même les marins, les ouvrières, les poissonnières, les paysans, les gosses derrière les grilles ont envie ce matin de croire en ce miracle : le maire va transformer le port militaire en station balnéaire pour que la ville entre à son tour dans la fête impériale !

Mais pour que la fête commence, il faudrait être au complet. Or il manque monseigneur Bravard, l'évêque de Coutances, et surtout le préfet Dupouy qu'on dit retenu à l'amirauté avec le commandant du *Kearsarge*, vous savez, le bâtiment fédéral qui croise depuis hier à la sortie de la rade ? Aussitôt toutes les têtes chapeautées se tournent vers l'ouest. Dans la rade aussi, on dirait que c'est fête. Attirés par l'inauguration du nouveau casino, des bateaux sont venus d'Angleterre pour s'inviter aux réjouissances. On reconnaît le *Deerhound*, sublime yacht de l'industriel anglais John Lancaster, qui achève à Cherbourg une croisière familiale dans les îles Anglo-Normandes. Il y a aussi le *Bahiana*, navire-école brésilien fraîchement ancré au port dont les élèves officiers ont envahi les rues de la ville avec la séduction de leurs uniformes blancs et leur faconde exotique. Mais ce qui attire les regards des spectateurs, ce sont surtout les couleurs qui claquent crânement à l'artimon de l'*Alabama*, le pavillon rouge barré d'étoiles sur fond bleu, cette réponse superbe au défi lancé par le *Kearsarge* dont les trois mâts dépassent de la digue comme une menace. Comme une promesse.

Invisible au milieu des convives, Théodore Coupet examine les toilettes, écoute les conversations, prend des notes. Quelques piques lui viennent spontanément, comme si la mécanique bien huilée du sarcasme fonctionnait par le seul principe de la vitesse acquise au cours des réceptions. Mais son esprit est ailleurs, de l'autre côté de la plage, sur les eaux de la rade. Depuis hier, un espoir dilate son cœur, celui de transformer la corvée de ce compte rendu mondain en un récit de guerre, un article qui le propulserait parmi les journalistes politiques de *La Vie française*. Quelle revanche ce serait ! On murmure que le capitaine sudiste, cette tête brûlée de Semmes, a l'intention de relever le défi lancé par le *Kearsarge*, rumeur confirmée par les préparatifs du vaisseau qui, dans la soirée, a démonté les vergues d'artimon et du perroquet. Quant au navire yankee, ses va-et-vient à la sortie de la rade laissent peu de doutes sur ses intentions. Théodore Coupet n'ose pas y croire : il rêvait d'aller en Amérique couvrir la guerre de Sécession, et c'est elle qui vient à lui pour l'arracher à la médiocrité de sa vie.

Maintenant, le journaliste attend que le vice-amiral Dupouy apparaisse afin de savoir où et quand le combat aura lieu. Il trompe son impatience en notant des détails, des noms, des grades. Il reconnaît le sénateur de Tocqueville, le baron Auguste Pron, préfet de la Manche, remarque que la femme du capitaine Piquet de Vignolles porte la même robe qu'aux Tuileries, que l'écrivain Octave Feuillet vieillit tandis que son épouse flirte avec un officier brésilien… Tout ce beau monde, endimanché comme pour une noce de province, s'émerveille devant l'élégance et la modernité des lieux, puis s'impatiente car enfin, que fait l'évêque ? Est-ce que le père Lepelley, curé de la basilique Sainte-Trinité, ne pourrait pas le remplacer ? Le maire hésite, il est tard, le banquet est prévu pour midi et les soufflés à la sole risquent de dégonfler. Il adresse un regard interrogateur au préfet de la Manche, quand même, un simple curé, c'est moins bien, non ? Mais le baron Pron secoue la tête, une bénédiction reste une bénédiction, il pousse le père Lepelley sur le seuil de l'établissement, allons! Le prêtre, un peu embarrassé, s'éponge le front puis plonge le goupillon dans le seau d'eau bénite et en asperge l'entrée du casino en murmurant des paroles pour transformer ce lieu de plaisir en un établissement respectable, des prières inaudibles pour exorciser l'arène infernale et demander la consolation des misères humaines dont le jeu est à la fois la cause et le symptôme. L'assemblée se signe, le maire coupe le ruban tricolore, et l'essaim des convives s'égaille dans les salons en poussant des cris d'admiration.

Théodore Coupet ne les suit pas. Il a tout ce qu'il faut pour écrire son compte rendu, les noms, les toilettes, les figures. Le reste il le devine, il connaît par cœur ces banquets interminables où l'on répète inlassablement les mêmes banalités entre le homard et les asperges en branche. Rien à en tirer. Il reviendra ce soir pour le bal qui offre toujours de plaisantes scènes dont le public est friand et pour le feu d'artifice qui ne lui fournira rien, mais qu'il aime pour sa poésie gratuite. Pour l'heure il s'adosse aux cabines de bain sur la plage, allume une cigarette, et fixe son regard sur les mâts de la rade. Se peut-il que le corsaire sudiste ait accepté le défi du *Kearsarge*? Se peut-il que ce duel ait lieu ici, à Cherbourg, sous ses yeux? Cet événement semble tellement inouï qu'il lui faut garder le regard fixé sur ces mâts comme pour s'assurer qu'ils ne vont pas s'évanouir avec ce silence des mirages qui se dissipent. Il tend l'oreille, il entend la rumeur du banquet, les toasts qui se succèdent, à l'empereur Napoléon, à l'impératrice Eugénie, à la ville de Cherbourg… et soudain une clameur, enfin!

« Mesdames et messieurs : le vice-amiral Dupouy! »

« Pardon, monsieur… »

Coupet se retourne et cligne des yeux car la silhouette, plantée dans le sable, se découpe à contre-jour. Elle se place entre lui et la mer, occultant des larges cerceaux de sa crinoline la corvette confédérée. Il la reconnaît quand elle abaisse son éventail : c'est la femme des cabines de bain, l'apparition onirique de la veille. C'est à croire qu'elle vit derrière les portes mauresques, qu'elle y attend ou y cache quelque chose, mais quoi ? Il se lève, secoue le sable de son pantalon. Elle a un sourire étrange, un peu grave et hésitant, comme s'il revenait à la surface après une longue convalescence.

« Savez-vous s'il sera possible de jouer ce soir ?

— Je ne vous comprends pas.

— Le casino… Est-ce qu'il ouvrira ce soir ?

— Non… Aujourd'hui, c'est l'inauguration : bénédiction, banquet, et ce soir bal et feu d'artifice.

— Ah… »

Elle a l'air un peu déçue, comme si l'information contrariait ses plans. Il rectifie :

« Mais je crois qu'on pourra jouer samedi, le 18. Et le 19, bien sûr, puisque c'est ce jour-là que les Parisiens viendront à Cherbourg avec le train de plaisir. »

Elle se mord la lèvre, hoche la tête en guise de remerciement, semble attendre quelque chose. Il se souvient des paroles de son confrère, du nom de « Ramures », du mari parti au Mexique après avoir perdu sa fortune à la roulette. Est-ce qu'elle aurait été contaminée par le démon du jeu ? Par quel maléfice un couple partage-t-il mieux ses vices que ses vertus ? Comme si elle devinait ses pensées et voulait le détromper, elle ajoute très vite :

« Ce n'est pas que je souhaiterais jouer moi-même, bien sûr. Mais je cherche une personne qui accepterait de me rendre ce service. Je veux dire… de miser un peu d'argent sur… »

Il coupe court à la conversation d'un geste définitif.

« Je ne suis pas joueur.

— Je sais. Vous êtes journaliste. Vous aviez couvert la fête donnée pour l'entrée dans le monde de notre fille… Palmyre, Palmyre des Ramures. »

Elle a dit ces derniers mots avec hâte, comme si elle avait des scrupules à lâcher ce nom devant un inconnu, sur une plage en plein soleil.

« C'était au Pré Catelan, insiste-t-elle. Il y a de cela trois ans. »

Il secoue la tête. Aucun souvenir, navré. Il a déjà noté cette propension des gens du monde à croire que tout ce qui les concerne est destiné à durer, et d'abord les souvenirs. S'ils savaient comme toutes leurs fêtes se ressemblent… Il se demande tout de même ce qu'il a pu en dire alors, s'il a badigeonné sa chronique d'une ironie mordante, s'il a eu un mot bien senti pour la toilette de la fille, celle de sa mère, s'il a moqué les prétentions du père, cet officier pris par le démon du jeu… Est-ce qu'il a fait une allusion à la loterie du mariage ? Un jeu de mots sur le prénom de Palmyre ? Il ne sait plus et en éprouve une gêne diffuse, un vague remords de l'avoir peut-être humiliée.

« Je suis désolé, je ne vois pas… »

Il préfère ne rien voir, ne pas savoir. Il connaît la réputation qu'on lui fait, celle d'un type cynique, blessant. Un peu lâche aussi, c'est si facile pour lui d'envoyer ses flèches derrière son bureau, à distance, de lancer des rumeurs, de ternir des réputations sans jamais offrir à ses victimes le droit de se défendre. Est-ce qu'il y peut quelque chose ? Il n'était pas ainsi en arrivant au journal. Sans doute, si on lui avait confié ce qui l'intéressait, la politique, la justice, les affaires étrangères, il en serait allé autrement. Mais il n'a pas eu le choix, il fallait répondre à l'arrogance du monde, épouser ses médisances, ses mensonges, lui rendre la monnaie de sa pièce. Il est un peu fatigué à présent, le soleil tape fort, la rumeur du banquet grossit, il doit rentrer à l'auberge se reposer avant le bal. Il en veut à cette femme sans savoir exactement de quoi, peut-être d'avoir interrompu ses rêves devant les vaisseaux américains, de l'avoir ramené à ce qu'il est : un journaliste mondain condamné à couvrir les fêtes. Peut-être aussi de n'être pas semblable à ce qu'il avait cru, à ce qu'il aurait aimé qu'elle soit. Décidément, ce siècle est décevant.

Mais elle ne bouge pas, figée devant lui, le talon de ses bottines enfoncé dans le sable, l'air résolu de celui qui risque son va-tout.

« Je voudrais que vous jouiez pour moi. »

Puis, plantant ses yeux dans les siens, à voix basse, comme si elle lui avouait une faute :

« Je dois récupérer l'argent que mon mari a perdu. Notre fille se marie à la fin du mois, nous avons promis une dot… S'il vous plaît… »

Est-ce que cette femme le supplie ? Oui, c'est une supplication mais sans déchéance, avec une sorte de fierté blessée qui l'émeut malgré lui.

« Écoutez, je ne suis pas sûr que le casino représente le meilleur moyen de recouvrer votre fortune.

— On dit que les débutants ont une chance… »

Il hausse les épaules.

« Croyez-moi, vous devriez chercher autre chose… »

Elle se raidit un peu, lâche d'un ton plus sec :

« J'y ai pensé, figurez-vous. Mais quel moyen laisse à sa femme un mari qui part se battre au Mexique après avoir dilapidé sa fortune ?

— Alors, misez sur la sincérité. Prévenez la belle-famille que la dot n'existe plus. Soit il l'aime et il s'en moquera ; soit c'est un imbécile et vous devriez vous réjouir qu'elle ne l'épouse pas…

— Vous croyez que c'est si simple… murmure-t-elle.

— Je vais vous poser une question à laquelle vous n'êtes évidemment pas obligée de répondre. Pourquoi les femmes du monde s'évertuent-elles à pousser leurs filles vers un état qui, selon toute vraisemblance, ne les a pas rendues heureuses ? »

Elle se tait. Ses paupières battent rapidement, entre de longs intervalles où elle semble réfléchir sérieusement à la question, à sa jeunesse, à ses illusions, à tout ce qu'elle a perdu.

« À moi de vous interroger en retour : si votre cuisinière rate le dessert, qui accuserez-vous, la recette ou la cuisinière ? »

Il souffle la fumée de sa cigarette. Il la voit venir : le sacrement, l'engagement, l'idée plus haute que les hommes. Il ne veut pas entrer dans ce débat, il devine que son inexpérience en la matière jouera contre lui. Il écrase son mégot.

« Je n'ai pas de cuisinière.

— Moi non plus, avoue-t-elle. Elle est partie avec ses gages. »

Un silence, puis elle incline légèrement sa tête, comme pour lui donner son congé mais sans bouger elle-même, au revoir, monsieur. Il soulève son chapeau et s'éloigne, le sable le fait tituber, ou bien est-ce le soleil ? Arrivé au bout de la plage des Mielles, il se retourne. Elle n'a pas bougé. Elle se tient droite, les deux bras tombés le long du corps, l'éventail suspendu au-dessus du sol dans un geste de défaite. Sa solitude en plein soleil. La lumière de midi fait briller le sable autour de sa robe sombre et il a cette vision d'un arbre que l'automne aurait dépouillé, droit au milieu des feuilles mortes dispersées à ses pieds.

10.

« Un trésor ? Quel genre de trésor ?

— Cinq millions de dollars en lingots d'or ! »

Lorsqu'il rentre à l'auberge, Théodore Coupet comprend vite que ce qui est au cœur des conversations, ce n'est pas l'inauguration du casino mais bien le navire du capitaine Semmes, dont la légende flamboyante allume des rêves de fortune chez les employés de l'arsenal.

Le journaliste s'assoit un peu à l'écart, silencieux, invisible comme toujours, l'oreille tendue. Mais il ne se dit plus rien autour de la grande tablée, les ouvriers se taisent, le regard vague, comme si le trésor de l'*Alabama* passait lentement devant leurs yeux mais à distance, trop loin pour qu'ils puissent s'en saisir ni même le caresser avec leurs grosses mains rugueuses qui abrasent la peau de leurs femmes et blessent celles de leurs enfants. Un vieux à la mine barbouillée de charbon demande combien ça fait, un dollar. Les autres secouent la tête. Pas besoin d'être banquier pour deviner que la somme est énorme, cinq millions c'est plus qu'on ne sait compter quand on reçoit chaque soir une paie de cinq francs à peine. Le mot de « lingots » surtout frappe les imaginations, chacun se figure avec des briques d'or dans les mains. Avec ça, on pourrait vivre longtemps sans se casser la carcasse dans les forges, les fonderies, les ateliers mécaniques de l'arsenal, au fond des grands hangars qui noircissent le port depuis que les machines à vapeur font avancer les navires plus vite que le vent.

La patronne de l'auberge vient remplir les verres. L'eau-de-vie relance les rêves de fortune en chauffant les imaginations engourdies par la mécanique du travail. Chacun a son idée du bonheur, un poulailler, une vache, un fusil de chasse, une maison à la campagne pour les plus ambitieux, pas davantage. On a beau vivre devant la mer immense, on n'a pas des rêves de grandeur. Quant à s'habiller comme un monsieur, merci bien ! Personne parmi les camarades ne veut jouer au bourgeois en bottes cirées et chapeau claque. Simplement ne manquer de rien, relever la tête, ne plus vivre les épaules rentrées par peur d'un coup du sort qui vous mettrait sur la paille – la maladie, l'accident, l'incendie, le chômage, tous ces spectres qui vous fichent des bâtons en travers de l'avenir. Un forgeron à la barbe roussie dit qu'il aura un alambic dans sa grange pour n'avoir jamais soif et les autres s'esclaffent, demandent à avoir accès à la machine à saouler au nom de la solidarité ouvrière. Vrai, il ne faudrait pas que la fortune fasse oublier la camaraderie de l'arsenal !

Pour ça, le forgeron est catégorique : il ne lésera personne. Bien sûr, la patronne râlera un peu, rapport à cette vieille méfiance qu'ont les femmes pour l'alcool qui a englouti pendant des années la paie du ménage. Mais enfin elle s'y fera, d'ailleurs elle en tâte aussi à l'occasion et puis il lui achètera ce qu'elle veut, des rubans, une ombrelle, des colifichets comme ceux qu'on voit dans la vitrine de la Belle Jardinière, rue du Blé. Les autres opinent. Ils essaient de se représenter leurs femmes attifées comme des bourgeoises, mais même l'alcool ne pousse pas leurs imaginations jusque-là. Ils vident leurs verres d'une traite, plissent les yeux comme pour convoquer la métamorphose : rien. Leurs femmes sont toujours flanquées de leurs blouses d'ouvrière trop larges, elles ont le regard pâle, les joues creuses et des mains sèches qui ne servent plus à rien depuis que les filatures ont fermé.

Le forgeron soupire, cette image le renvoie à la réalité de sa vie, la masure où on s'entasse à sept, le bahut vide, les pleurs des gosses, et sa fille Zélie qui vient d'être embauchée au casino pour servir ces messieurs de Paris venus jeter leur argent par les fenêtres. Les rires retombent d'un coup. On le plaint : personne parmi les camarades n'aimerait voir sa fille travailler dans cette sacrée baraque. Ça doit être plein de coquins qui débitent des bobards pour pincer les hanches des filles et obtenir ce qu'ils veulent. Et puis ce n'est pas bon à leur âge de voir des pièces d'or pleuvoir sur les tapis verts, les billets sortir tout seuls des poches, ça donne des idées de richesse facile… Le moyen de retourner à l'usine gagner honnêtement sa paie après ça ? Le forgeron hausse les épaules : est-ce qu'il a le choix ? Avec trois filles ouvrières à la filature, le voilà tout à coup le seul à nourrir la famille. D'ailleurs Zélie a de la repartie et les pieds sur terre, pas le genre à se laisser embobiner. Les autres hochent la tête, on est là pour boire, pas pour juger les camarades, pas vrai ?

Un vieux, dont la main gauche ne compte que trois doigts, commande une nouvelle tournée de tord-boyaux, mais le cœur n'y est plus. Chacun pense à la femme qui l'attend à la maison, aux plaintes, aux cris, aux mines taciturnes. Pour sûr, c'était mieux quand elles étaient à l'usine. La paie n'était pas grosse mais c'était toujours ça de pris sur la misère. Si seulement les Américains pouvaient en finir avec leur foutue guerre pour que le travail reprenne…

Ou bien il faudrait que les balles de coton transitent par le Mexique, c'est bien pour ça que des milliers de soldats ont embarqué pour Veracruz avec la mission d'y placer un empereur à la solde des Français, oui ou non ? Un homme soupire : est-ce qu'on sait jamais comment c'est de l'autre côté de l'Océan ? On est ouvrier, pas voyant. On passe sa vie les yeux fixés sur des petits rivets de fer qui construisent d'immenses navires, et un jour les navires quittent Cherbourg en emportant des hommes qui ne reviennent jamais… Les autres hochent la tête. Le trésor de Semmes semble très loin tout à coup, irréel comme celui d'un conte pour enfants. Mais le vieux aux trois doigts est formel : il existe bien, on dit même que le capitaine va le débarquer en ville au cas où il ferait naufrage lors du combat – quant à savoir où il sera planqué… Le forgeron hausse les épaules. À tous les coups il dormira dans un coffre, au fond d'une banque. Puisque c'est toujours chez les banquiers que finit l'argent, qu'on le gagne en forgeant des rivets à l'arsenal ou en incendiant des navires sur les océans.

Théodore Coupet se lève brusquement, salue la tablée d'un signe de tête et monte dans sa chambre. Il vient d'avoir la confirmation que le combat aurait lieu. Aucun corsaire ne prendrait le risque de débarquer son trésor à terre s'il ne comptait pas fermement se battre. Un agent consulaire des États du Sud viendra certainement récupérer les lingots et les mettre à l'abri. Semmes a beau être un corsaire intrépide, il ne veut pas que son trésor prenne l'eau. Et s'il envisage que son navire puisse sombrer, c'est qu'il n'ignore pas ses faiblesses malgré ses fanfaronnades de gentleman du Sud. Le cœur du journaliste s'emballe, comme s'il voulait aligner son rythme sur l'accélération des événements, l'urgence de la situation, l'agrandissement soudain de sa vie.

Tous ces préparatifs, c'est la promesse d'un combat à mort, où l'un des deux navires coulera pavillon haut. Un beau duel, et pour lui, un papier mémorable.

Il entre dans sa chambre et ouvre la fenêtre qui donne sur la rue des Chantiers. Le soleil allume les devantures des boutiques, chauffe les ardoises des toits et jette sur la mer des éclats aveuglants. C'est curieux comme une ville se transforme. Il y a encore cinq jours, Cherbourg était un port de garnison laborieux, noyé de suie, et voici que surgissent simultanément un casino, un train de plaisir et un navire chargé de lingots. On dirait que le roi Midas a touché la ville de son doigt. Les têtes se redressent, les yeux s'éclairent, les imaginations s'échauffent, c'est comme si une poussière d'or tombait sur le port, investissant les ruelles sombres, pénétrant dans les ateliers, les gargotes, jusqu'à s'engouffrer dans ses trouées de campagne pour allumer partout les espoirs des hommes. « *Cherbourg : l'eldorado du Cotentin* » ; ou bien « *La Babylone de la Manche* ». Beau titre pour un article.

Le journaliste sourit. Il se sent particulièrement gai, excité comme un homme qui s'apprête à quitter le vestibule où il patiente depuis trop longtemps pour franchir enfin le seuil de la vraie vie. Sa pensée erre par-dessus les toits jusqu'au casino dont le belvédère pavoisé domine tous les autres et semble dire à la ville « Venez, c'est ici qu'on s'amuse ». La femme à l'éventail lui revient à l'esprit avec ses soucis de dot et sa requête étrange, « s'il vous plaît ». Il recherche l'inflexion qu'elle a eue. « S'il vous plaît » ? Non, plus grave, moins suppliant. Pas autoritaire non plus, « s'il vous plaît »… Un passant lève les yeux. Le journaliste est un peu gêné d'être surpris dans ses exercices de prononciation, s'éclaircit la voix comme un acteur qui répéterait son texte.

De fait, il n'explique pas pourquoi ces mots l'obsèdent tellement. Sur le coup, il a été contrarié par sa demande, humilié aussi qu'elle lui rappelle sa position de journaliste mondain. Sa médiocrité. Mais à présent il voit dans ses paroles une attention qu'on ne lui a jamais manifestée. Elle se souvenait de lui. Peut-être même : elle l'attendait. Il en a été étonné. Étonné aussi de découvrir que sa solitude à elle était encore plus absolue, plus définitive que la sienne. L'image de Mme des Ramures, seule au milieu de la plage déserte, se superpose à celle du casino puis accompagne son regard jusqu'à la rade où se dressent les mâts de l'*Alabama*. S'il vous plaît… il se rappelle aussi le prénom de la fille, « Palmyre », drôle de nom pour une demoiselle, prénom exotique, prénom voyageur. Une Palmyre ne devrait pas se marier contre une dot. Ne devrait pas se marier tout court. Il ne se souvient pas de son entrée dans le monde, ni de son visage, ni de son allure, mais il se la représente comme une voyageuse, dans des jungles, des steppes, devant un temple maya ou une pyramide d'Égypte – une vraie, pas celle qu'il a visitée à l'Exposition universelle avec ses sphinx de carton-pâte et ses colonnes en stuc. Sa pensée l'accompagne sur le pont d'un navire, pénètre dans le compartiment d'un train, elle doit avoir des bagages en cuir, des valises immenses d'où dépassent des voiles, une cage avec un colibri, des boîtes à chapeau. « Palmyre »… C'est presque aussi beau à prononcer qu'*Alabama*. *Palmyre Alabama*. Soudain, une idée s'allume, une idée née de la rencontre de ces deux noms qui permettrait de recouvrer la dot de la fille. Une idée qu'il transmettra à la mère ce soir, sur la plage, pendant le feu d'artifice. Si elle y est toujours.

11.

Mais elle n'y est pas. La nuit est tombée sur Cherbourg et Théodore est seul sur le sable avec sa bonne idée qui ne sert à rien, qu'il rumine tandis que les invités se pressent sur la terrasse du casino en attendant que le feu d'artifice commence. Il erre près des cabines de bain dans l'espoir de la voir surgir comme au jour de leur rencontre – est-ce qu'elle se serait vexée de son refus, de ses paroles ironiques sur le mariage? Il essaie de balayer cette pensée, c'est idiot, après tout c'est elle qui l'a sollicité, il ne lui doit rien. Mais ces aristocrates croient toujours qu'elles vous font une fleur quand elles vous demandent quelque chose, c'est incroyable cet orgueil de classe qui ne cède devant rien, ni la ruine ni le déshonneur, à croire que les hauts faits de leurs ancêtres les ont absous à l'avance, pour toujours. Il hausse les épaules, tant pis pour elle, elle aurait fait fortune. Au moins, Palmyre ne se mariera pas. C'est absurde bien sûr, mais cette pensée le console du ridicule de s'être enflammé en vain dans sa chambre d'hôtel.

Il regagne la terrasse à son tour et s'approche du vice-amiral Dupouy, très entouré depuis que le champagne lui délie la langue et l'incite à en dire plus sur le combat qui se prépare. Les invités veulent tout savoir, est-ce vrai qu'on a refusé au capitaine yankee de récupérer les prisonniers? Que ceux-ci ont été approchés par des officiers pour transmettre des informations sur la corvette sudiste? Que le capitaine Semmes a relevé le défi ? Que la France a interdit le duel ? Le préfet maritime a le sourire mystérieux des autorités qui savent. Interdit, pas vraiment… on les a seulement invités à se battre hors des eaux territoriales, à plus de trois milles de la côte, neutralité oblige, navré, c'est le règlement. Mme Octave Feuillet, la femme de l'académicien, est contrariée par ces précautions diplomatiques. Trois milles, c'est loin, est-ce qu'on est sûr qu'on verra bien à cette distance ?

« Ma foi, explique un officier, il suffira de monter au sommet de la montagne du Roule ! Cent douze mètres d'altitude, ça vous offre un magnifique point de vue sur la rade ! »

Toutes les têtes se tournent d'un seul coup vers la falaise qui domine la ville. Mme de Tocqueville se récrie : le point de vue c'est bien, mais sait-on au moins quand aura lieu la bataille ? Elle précise que ce sera son premier combat naval, la perspective est tellement excitante, elle ne voudrait rater ça pour rien au monde ! Sur cette question, le préfet maritime est plus évasif. Il ne connaît pas *précisément* la date, mais le navire sudiste l'a informé qu'il combattrait dès que ses réparations seraient terminées. Ce devrait être chose faite samedi, dimanche au plus tard, le temps de charger cent cinquante tonnes de charbon dans la cale. Cent cinquante tonnes ? Le chiffre semble énorme. Un capitaine bardé de médailles explique qu'il s'agit d'une ruse bien connue qui consiste à créer une sorte de tampon pour limiter la pénétration des projectiles dans le bâtiment et, en augmentant sa charge, de réduire la partie de la coque exposée aux tirs ennemis. Ces détails techniques assombrissent la conversation : toute cette suie masque un instant les couleurs du feu d'artifice et l'or des lingots. Très vite, on s'organise pour dissiper cette ombre importune. Le petit cercle s'égaie, on prévoit de rejoindre le sommet du Roule à plusieurs, d'emporter qui des jumelles, qui une longue-vue, il paraît que M. Liais possède un périscope, on pourrait peut-être le lui demander ?… Le baron Pron propose un pique-nique, et aussitôt l'assemblée se récrie, oh oui, un pique-nique, ce serait chic, avec du jambon froid et des asperges en branche ! Et des fraises pour le dessert, la cueillette de cette année est exquise ! L'assemblée approuve, reste à espérer que le combat ait lieu à l'heure du dîner. M. Octave Feuillet ne veut pas démériter : il apportera un excellent madère retour des Indes, offert par un confrère académicien, vous m'en direz des nouvelles. Mais les femmes ont d'autres inquiétudes, dimanche, pourvu que ça ne tombe pas sur l'heure de la messe…

Auguste Dupouy se tourne discrètement vers Mme Octave Feuillet qui le regarde les mains jointes, les yeux brillants, excitée à l'idée de cette naumachie moderne. Il se penche vers elle et lui glisse à voix basse :

« Pour vous, madame, si vous le souhaitez, je vous offre une place sur le canot de l'amirauté avec lequel je rejoindrai la digue pour observer le combat. Vous n'aurez pas de meilleur point de vue. »

La femme de l'académicien recule d'un pas, le rose lui monte aux joues, vraiment ce serait possible ? Quelle chance ! Pour un peu elle battrait des mains comme une enfant à qui on promet un spectacle de marionnettes. Puis elle redevient grave.

« Mais dites, monsieur, ce sera sans danger au moins ?

— On se tiendra à une distance raisonnable. »

Valérie Feuillet se tourne vers son mari, tu as entendu la proposition du capitaine, qu'en penses-tu ? L'académicien approuve, ce sera une expérience inédite et qui sait, un beau sujet de roman ! Et comme s'il anticipait déjà l'épilogue de l'œuvre à venir, l'écrivain demande :

« Et d'après vous, amiral, qui gagnera ce duel ?

— Ah ça, monsieur, je ne peux rien prédire, mais enfin le capitaine sudiste a prouvé maintes fois sa valeur et son courage…

— On dit pourtant le *Kearsarge* plus solide, mieux préparé…

— Vous savez, mon cher, le bâtiment est une chose, le courage du capitaine une autre. Attention ! Je ne dis pas que cette qualité fait défaut au capitaine Winslow, tant s'en faut ! Mais enfin… ajoute-t-il en jetant alentour des regards furtifs, on est entre nous, bien sûr… Vous savez, un homme comme le capitaine Semmes est un héros ! Un corsaire intrépide, intraitable, qui a arraisonné soixante-neuf navires au cours des deux années passées… Soi-xan-te-neuf », répète-t-il en détachant chaque syllabe et en roulant les yeux.

Valérie Feuillet ouvre grands les siens. Octave Feuillet caresse sa barbe, méditatif.

« Hum… un personnage de roman en quelque sorte…

— Les héros ne perdent jamais ! conclut Dupouy avec emphase. D'ailleurs, si l'aventure vous tente, il ne tient qu'à vous de le rencontrer… Le capitaine Semmes, en parfait gentleman, a choisi d'ouvrir son navire aux Cherbourgeois assez curieux pour le visiter ! Pourquoi ne pas s'y rendre dès demain ? Vous pourrez étudier le personnage sur le motif, comme disent les artistes, et lui sera très honoré de votre présence. »

Mme Feuillet insiste auprès de son académicien de mari, on ira, dis ? Mais l'écrivain a la tête tournée vers le ciel où il guette l'apparition des premières fusées, à moins qu'il ne songe aux premières lignes de ce roman.

Théodore Coupet note discrètement les dernières informations glanées. Sa main tremble un peu lorsqu'il inscrit dans son carnet « *samedi ou dimanche* ». C'est-à-dire dans trois jours… Battements de cœur, accélération du pouls, le sang qui coule plus vite dans toutes les veines. On ne quitte pas l'antichambre de sa vie sans une certaine émotion. Ce qui le réjouit surtout, c'est cette impression d'être plus lucide que tous les invités de la fête, aveuglés par leurs partis pris, étourdis par les termes « corsaire », « héros », « gentleman », tous ces mots qui font perdre la tête aux Français. Mais lui sait. Il se tient depuis si longtemps en marge, il a le recul nécessaire pour voir ce qu'ils ignorent. Il sait que la roue tourne et qu'elle entraîne le Vieux Monde vers l'abîme. Il sait que onze États ne peuvent tenir tête à trente-quatre. Il sait que l'esprit d'entreprise est plus fort que l'esprit aristocratique. Il sait qu'il vaut mieux avoir des chemins de fer, des manufactures, des machines à vapeur et des steamers que du coton, du tabac, du panache et de l'arrogance. Il sait que la bataille de Gettysburg a scellé le sort du Vieux Sud et que la Confédération ne s'en relèvera pas. L'*Alabama* est un mythe, il appartient au passé, il ne peut gagner. Théodore Coupet entend les convives qui louent le courage du capitaine sudiste, une coupe de champagne à la main, quel homme, mon Dieu, quel homme ! Il les regarde avec pitié, sans mépris, comme les naufragés que la prochaine vague va avaler. Mais il est journaliste, non prophète, et puisqu'il faut des preuves, il ira les trouver demain, sur le pont de la corvette sudiste.

Le feu d'artifice éclate enfin au-dessus de la plage, des fusées sifflent dans le noir et retombent sur la ville en pluie d'or. À la faveur d'un éclair, Théodore aperçoit une servante qui ramasse les flûtes jetées dans l'herbe, il croit reconnaître le profil de la fille à la fossette, Zélie Tissot déguisée en employée de maison, ses cheveux blonds dissimulés sous un bonnet blanc. Il s'avance dans sa direction, mais soudain le ciel s'éteint et elle devient invisible, comme on lui a demandé de l'être. Anémones roses, larmes vertes, fontaines d'argent, les comètes se succèdent dans le ciel d'encre. Les invités applaudissent en connaisseurs. On entend dans l'ombre des cris, des exclamations de peur et d'enthousiasme : ce sont les gamins de la ville, les fils des ouvriers qui, depuis la plage, partagent le spectacle auquel on ne les a pas invités. Le directeur du casino fronce les sourcils, le préfet lui touche le bras dans un signe d'apaisement, laissez mon cher, le ciel est à tout le monde. Théodore Coupet goûte le spectacle avec une joie qui lui dilate le cœur. Encore une anémone, une autre, et là un bouquet d'étincelles bleues et rouges. Il imagine les marins de l'*Alabama*, ceux du *Kearsarge* pareillement spectateurs depuis le pont de leur navire, les bras croisés, songeant à l'autre feu d'artifice, celui qui embrasera bientôt la rade avec sa poudre, ses obus et ses boulets incandescents. Le ciel est à tout le monde mais le monde se partage. Le bouquet final éclate, sublime, frénétique, cinq minutes de déflagrations à crever le firmament. Le public est ravi, les gamins de la plage en redemandent. Théodore joint ses applaudissements à ceux du parterre. Il est heureux mais un soupir lui échappe. C'est dommage, tout de même, qu'elle ne soit pas venue.

12.

Le même soir
Mexico

Tous les feux d'artifice se ressemblent. Au balcon du Palais national, le visage tendu vers le ciel, Charlotte de Habsbourg observe celui qui éclate au-dessus de Mexico : elle ne le trouve pas très différent de celui qui a salué son départ de Miramare, sa visite à Paris ou son mariage à Bruxelles. Mêmes anémones, mêmes fontaines d'or, mêmes comètes d'argent. Si elle faisait abstraction de la chaleur moite qui l'étouffe, des gouttes de sueur qu'elle sent perler dans son dos, elle pourrait presque se croire en Europe, dans une de ces cours familières et rassurantes où elle a toujours un cousin ou une tante. Mais cette illusion dure ce que durent les feux d'artifice et déjà l'angoisse la saisit de ce qui va suivre, les fusées qui se dispersent, la fumée qui se dissipe pour laisser apparaître les visages de la foule massée sous le balcon, teints olivâtres, mâchoires édentées, poings serrés : des brigands aux yeux noirs, des femmes affamées, des enfants en haillons. Son peuple. Dans son dos, elle sent la présence de Bazaine qui l'observe et la juge. Un frisson la secoue, elle craint que le général ne devine ses peurs, sa répulsion pour ses sujets. Inconsciemment, elle courbe les épaules et baisse les yeux tandis que les déflagrations se succèdent au-dessus de sa tête.

Le général Bazaine, lui, se frotte les mains. Il n'est pas peu fier d'avoir réussi à acheminer d'Italie quelques fusées pour marquer l'entrée dans la ville du couple impérial. Cela leur fait honneur et met le peuple en joie, mais c'est fâcheux, tout de même, que l'artificier venu spécialement de Rome n'ait pu l'allumer lui-même, alité qu'il est depuis deux jours, en proie à la fièvre et aux convulsions, occupé à cracher une bile plus noire que le charbon. Bien sûr, il ne faut pas en parler à l'empereur. Ni à sa femme que l'on dit exaltée, anxieuse, les nerfs à vif. C'est important de leur montrer que de ce côté-ci de l'Atlantique, on garde les traditions des cours impériales d'Europe, ça rassure de croire que le Nouveau Monde ressemble un peu à l'Ancien. Il sera bien temps ensuite de prendre la mesure de tout ce qui les sépare, irréductiblement.

Le général soupire. Il est arrivé depuis deux ans, c'est assez pour avoir perçu le guêpier dans lequel on envoyait l'archiduc. Le proconsulat qu'il a exercé dans l'attente des nouveaux souverains lui donne une idée assez claire de la situation. Assez claire, c'est-à-dire très sombre. Car il faudra faire avec les républicains et les monarchistes, les notables et les miséreux, les libéraux et les conservateurs, les Indiens et les Espagnols, un clergé fanatique et des anticléricaux qui ne le sont pas moins, tout un peuple divisé, craquelé comme la terre de ce pays, agressé de soleil et de poussière, livré aux pillages, aux rapines et à l'arbitraire le plus absolu. Il lui souhaite bien du courage, à ce Habsbourg qui se tient sur le balcon de son palais, les mains croisées dans le dos, l'air rêveur, les yeux vagues. Sait-il seulement où il a mis les pieds ? On dit qu'il a attendu les résultats d'un illusoire plébiscite pour accepter le trône qu'on lui proposait. Un plébiscite ? Voilà bien les idées des cours européennes qui se targuent de démocratie ! On a dû lui présenter des listes factices, signées de quelques notables assez manipulables pour entraîner leur village dans cette mascarade. Que risquaient-ils ? Il n'y a pas d'état civil au Mexique, et personne n'ira jamais vérifier l'authenticité des signatures. La vérité, c'est qu'aujourd'hui encore la foule bigarrée et miséreuse massée devant le palais pour assister au feu d'artifice ne sait même pas qui est ce couple au balcon, qui la salue avec des gestes souverains. Elle ignore d'où il vient et ce qu'il fait là. Habsbourg, vous dites ? Ce nom-là est imprononçable sous ces latitudes !

Bazaine hausse les épaules. Il a fait son devoir en imposant un gouvernement provisoire dans ce pays où il est impossible d'imposer quoi que ce soit. Le reste est affaire de politiciens et de diplomates. À eux de permettre au coton des États sudistes de transiter par le Mexique pour rejoindre les filatures françaises. Napoléon III insiste sur ce point, il s'impatiente, il trépigne. Mais c'est parce qu'il n'a pas la moindre idée de la réalité de ce pays où tout est compliqué par le climat, les distances, les dangers. Les nouveaux souverains non plus, d'ailleurs. Forcément, il est ennuyé pour l'impératrice, dont l'enthousiasme un peu forcé fait peine à voir : on dirait qu'elle se jette dans cette aventure avec l'exaltation d'une héroïne tragique, comme on se jette sous les balles ou sur une dague aiguisée. La pensée de ce qu'elle va souffrir lui est pénible, il est soldat, il est français, ces qualités entretiennent en lui un vieux fond chevaleresque.

D'ailleurs la nouvelle impératrice est belle, avec ses cheveux de jais et ses yeux brillants, on dirait une Italienne ou une Espagnole, certainement pas une fille de la cour de Belgique, ces princes allemands pâlichons, frustrés de régner sur un royaume à peine plus grand qu'un département français. Elle a du sang français aussi, sa mère Louise d'Orléans était une fille du roi Louis-Philippe, on la dit très proche de sa grand-mère, l'ex-reine Marie-Amélie, qui lui prodigue des conseils depuis son exil anglais. Cette ascendance de souverains renversés devrait modérer l'enthousiasme de la nouvelle impératrice, mais elle semble absolument imperméable aux augures familiaux. C'est peut-être à cause de son âge, vingt-quatre ans c'est trop tôt pour la prudence, elle est jeune et amoureuse, autant dire qu'elle est aveugle. Et malheureuse. Il paraît que le mariage n'est toujours pas consommé et qu'il ne faut pas espérer d'héritier. Le général Bazaine fixe la silhouette devant lui, fine, étranglée dans une robe de mousseline blanche, la nuque frêle sous l'épais chignon brun, les épaules qui surgissent de l'étoffe comme deux collines à prendre, les mains abandonnées, toute la solitude de ce corps refusé qui se consume dans l'ardeur des ambitions politiques, faute d'avoir trouvé des bras pour l'étreindre. Achille Bazaine n'est pas un spécialiste des relations conjugales mais il juge étrange que le Habsbourg boude sa jeune épouse. On dit qu'il préfère la botanique, collectionne les insectes, les papillons en particulier. Pas sûr que ceux du Mexique se laissent épingler. Ni mettre sous verre pour orner les murs des palais impériaux.

Une fusée monte dans le ciel, éclate en bouquets verts, blancs, rouges, aux couleurs du drapeau mexicain. Charlotte applaudit, se force à sourire. Elle jette à Maximilien un regard furtif, il est impassible, l'air absent, à quoi pense-t-il ? Elle aimerait que le spectacle s'achève pour se retrouver seule avec lui mais le feu d'artifice n'en finit pas, les détonations reprennent. À chaque fois, son cœur sursaute dans sa poitrine, elle entend des coups de fusil, des coups de canon, elle redoute un attentat, une balle perdue dont la trajectoire sifflante se confondrait avec celle des fusées. Elle scrute d'un œil inquiet la foule sous le balcon, une masse énorme, tapie dans l'ombre, et si un terroriste se cachait parmi les badauds ? Bien sûr, il y a les soldats français qui gardent le palais. On dit que cette Légion étrangère est brave et qu'elle a montré son héroïsme sous les ordres du général Bazaine. Mais elle a vu trop de soldats malades, trop de cadavres en uniforme pour la croire invincible. Elle se retourne et croise le regard du général français qui détourne aussitôt les yeux. Elle lisse sa robe froissée par le voyage, tripote nerveusement les ornements en passementerie. Encore des fontaines, des larmes d'argent qui déchirent l'obscurité du ciel mexicain, ça ne finira donc jamais ? La foule lance des hourras, des cris incompréhensibles, des interjections qu'elle ne reconnaît pas. Elle parle pourtant l'espagnol, en maîtrise les subtilités grammaticales, mais là c'est autre chose, on dirait une langue inconnue, menaçante. Et si c'étaient des appels révolutionnaires, des insultes ? Comment dit-on « À mort » ? « À bas » ? « Imposteurs » ? Comment réclame-t-on des têtes en espagnol ? Aucun de ces mots ne figure dans les manuels des cours européennes.

Elle aimerait chasser cette angoisse qui l'a saisie depuis son arrivée au palais impérial et que le feu d'artifice accroît avec ses explosions brusques. La messe à la basilique de Notre-Dame de Guadalupe l'avait pourtant rassérénée. Elle avait puisé dans la prière les forces nécessaires, Dieu n'abandonnerait pas ceux qui venaient restaurer un empire catholique, Il bénissait leur règne futur, leurs décisions, chacune de leurs actions. Aux nouveaux souverains, Il prodiguerait sa paix et sa protection. Du moins c'est ce qu'avait affirmé l'évêque, et elle voulait le croire. Elle a été un peu troublée, ensuite, d'entendre le général Bazaine critiquer sur le chemin du retour l'intransigeance de l'Église qui n'entendait pas seulement retrouver les biens confisqués par les républicains mais aussi restaurer un pouvoir exécutif fort au sein du nouvel empire. L'archevêque José Antonio Plancarte y Labastida, jugeant l'action française en faveur de l'Église trop lente, avait prononcé contre Bazaine et toute l'armée française « l'excommunication majeure », aux termes de laquelle les excommuniés « ne pourraient être absous, même à l'article de la mort ». L'image du caporal mort, son cadavre abandonné aux corbeaux en travers de la route, s'était imposée à elle dans toute son horrible solitude. Pas de consolation à attendre de l'Église catholique, pas de soutien : chacun jouait sa propre partition dans la symphonie du pouvoir. Il faudrait donc composer avec les religieux comme avec les républicains. Évêques, guérilleros, c'était *idem* : des crapules qui réclamaient leur part du gâteau. Elle se sentait prise en tenailles entre ces forces ennemies, cernée de tous côtés tandis que le carrosse impérial s'enfonçait dans la vallée de Mexico, fermée par la chaîne montagneuse de la Sierra de Guadalupe.

La sérénité recouvrée dans la basilique a fini de se dissiper lors la visite du palais, ancienne forteresse désertée depuis plus de quarante ans. Tandis qu'elle en traversait les pièces vides, un guide faisait l'historique rapide de cet édifice bâti au XVIe siècle sur les ruines d'un palais aztèque. Elle écoutait d'une oreille distraite, la tête occupée d'un bourdonnement continu, les yeux fixés sur le spectacle désolant des parquets mangés par les punaises, les peintures écaillées, les tentures délavées, les meubles couverts de draps grisâtres, toute cette poussière accumulée par les abandons successifs de leurs prédécesseurs. Le palais semblait victime d'un mauvais sort, comme ceux que l'on voit dans les contes. La tête lui tournait, elle saisissait au vol les mots inquiétants du guide, « destruction », « incendie », « soulèvement », auxquels se mêlaient des noms inconnus, aztèques, espagnols, « Tenochtitlan », « Moctezuma », « Cortés », « Sandoval »… Elle n'y comprenait rien, elle percevait seulement la violence de l'histoire du pays, à peine étouffée par la végétation luxuriante du patio. Le guide poursuivait la visite, indifférent aux signes manifestes de son anxiété – perles de sueur sur les tempes, regard fiévreux, éventail frénétique –, il racontait comment les partisans de l'archevêque avaient incendié le palais, à cause des désaccords entre le vice-roi et l'Église. Incendié ? *Realmente ?*

« Oui, Votre Majesté, des torches jetées sur l'édifice, un brasier de trois jours et trois nuits. »

Sa Majesté s'est laissée tomber sur un petit banc de pierre. Une fontaine faisait entendre un jet d'eau. Elle a reconsidéré la paix promise dans la basilique par l'évêque. La paix et la protection divine. Les mots, en ce pays-ci, n'avaient décidément pas le même sens qu'en Europe.

Enfin, le feu d'artifice s'achève. Des cris s'élèvent, dont chacun lui perce les tympans, des sifflements, des applaudissements qui retombent dans un bruit de feuilles sèches. Elle se retourne vers Maximilien. Il est blême. Sa paupière gauche se ferme dans un tic nerveux. Elle lui sourit, alors mon ami, que pensez-vous de cet accueil ? Il reste un moment silencieux comme s'il devait faire un long voyage intérieur avant de revenir vers elle. Il plisse les yeux et déclare d'une voix atone :

« Je ferai mettre des drapeaux devant chacune des portes principales. Il faudra que j'en parle au général Bazaine… Oui, reprend-il à voix basse, comme s'il poursuivait son dialogue avec un interlocuteur invisible, il faudrait trois drapeaux. Un du Mexique, un de la France. Et un de l'Autriche, naturellement. »

Elle hoche la tête. *Naturellement.*

13.

Vendredi 17 juin, à l'aube
Cherbourg

Théodore Coupet fait les cent pas sur le quai, guette les pêcheurs qui rentrent au port. Pardonnez-moi, vous pourriez m'emmener jusqu'à l'*Alabama*? Mais tous refusent, ils ont du travail, des livraisons pour la criée, des paniers de coquilles, et des filets remplis de barbues, de turbots, de soles, toute une faune sous-marine qui exhibe sous le soleil la nacre changeante de ses flancs et ses yeux pétrifiés. Théodore Coupet insiste, il paiera bien. Mais les hommes regardent d'un air hagard ce Parisien qui sort des billets de sa poche. Non merci. Ils sont fatigués, ils ont pêché toute la nuit, ils veulent rentrer chez eux, prendre un verre avec les camarades, et puis se laisser tomber sur une paillasse, et dormir tout leur saoul. Malgré les cris des enfants, les aboiements du chien, les reproches des femmes, refaire à l'envers et en rêve le voyage des poissons jusqu'aux grottes sous-marines où de mystérieuses sirènes les attendent. Ce programme-là, chaque jour le même, ils n'en changeraient pas même contre une poignée de billets. Le journaliste soupire. Si seulement il avait un bateau…

Il est encore tôt en ce vendredi 17 juin, mais une foule impatiente se presse dans le port. Depuis que le capitaine Semmes a annoncé qu'il ferait visiter son navire à ceux qui le souhaitent, les badauds sont nombreux à tenter de rejoindre le bâtiment pour rencontrer « le Lion des mers », toucher du doigt le mythe de l'aventure corsaire. Mme Octave Feuillet, la femme de l'écrivain, a été une des premières à s'y rendre. Son rapport enthousiaste a enflammé les imaginations cherbourgeoises. Le capitaine est un gentleman, ses manières sont exquises, il a reçu ses hôtes avec beaucoup de courtoisie, au milieu de son extraordinaire collection de chronomètres. Vin du Cap, cigares de Cuba, thé de Ceylan. On a causé de la guerre entre les deux Amériques, et de la menace du *Kearsarge*. Devant ses amis, Mme Octave Feuillet ne cache pas son admiration pour la bravoure du capitaine, qui a évoqué cette échéance avec un calme et un courage remarquables : « Nous nous rencontrerons, et ce sera un duel à mort ! » a-t-il affirmé en soufflant des petits nuages de fumée. « Un duel à mort ! » reprennent les hommes en levant le menton. « Un duel à mort ! » soupirent les femmes en agitant leurs éventails. La phrase fait son effet, on la répète dans les salons de la bourgeoisie cherbourgeoise, au-dessus des tapis verts du nouveau casino, et jusque dans les bureaux de l'amirauté où elle cause aux autorités quelques sueurs froides. Un duel à mort, c'est la certitude de quelques cadavres dont personne ne souhaite porter la responsabilité. Mme Dupouy tranquillise son amiral de mari : un duel à mort, c'est surtout la promesse d'un grand spectacle, et une sacrée distraction pour les Cherbourgeois que la saison au théâtre municipal a un peu déçus. Et puis ce sera peut-être aussi le sujet du prochain drame d'Octave Feuillet : on l'a dit très inspiré par cette visite du navire sudiste.

Sa femme s'est quand même étonnée de trouver si peu d'Américains à bord. Au cours de son long périple sur les mers, l'*Alabama* a perdu une grande partie de son équipage originel, remplacé par des mercenaires rencontrés au gré des escales. Si les officiers et le chirurgien appartiennent à la marine confédérée, le reste de l'équipage témoigne des enrôlements effectués à la hâte, ici ou là, selon les besoins et les offres : Anglais, Irlandais, Canadiens côtoient deux Portugais des Açores, un Hollandais, deux Prussiens et un Chilien. Mme Feuillet l'assure : monter à bord de l'*Alabama*, c'est faire le tour du monde en quelques heures. Le tour du monde ? Cette affirmation est une promesse trop alléchante pour qu'on la boude, d'ailleurs les Cherbourgeois se sentent des fourmis dans les jambes à force de voir les Français embarquer pour le Nouveau Monde et le Nouveau Monde rendre visite au Vieux Continent. Et puis il fait si beau !

Théodore Coupet erre sur le port, contrarié, inutile, observe les voiles blanches qui se dirigent vers le navire sudiste. Soudain, il l'aperçoit sur le pont d'un yacht. C'est elle, un peu à l'écart, sous une ombrelle bleue, avec la même robe que sur la plage des Mielles, la même que dans la cabine de bain. Sans qu'il puisse expliquer pourquoi, il est heureux de la voir. Il se retient de lui adresser un signe, se contente de fixer l'ombrelle, mais elle doit deviner son regard insistant puisqu'elle finit par se retourner et le salue d'un bref mouvement de tête. Ce geste le surprend, il pensait qu'elle affecterait de l'ignorer après la conversation pénible et un peu humiliante de la veille. Elle a moins de fierté qu'il ne l'imaginait. Ou simplement plus de cœur.

« Dites, monsieur, c'est vous qu'offrez une somme à qui vous fera traverser la rade… ? »

Coupet sursaute et baisse les yeux. L'homme qui lui parle est debout dans une barque arrimée à quai. Il reconnaît l'ouvrier forgeron rencontré à l'auberge, avec sa barbe roussie et ses rêves d'alambic.

« J'ai entendu ce que vous proposiez aux pêcheurs tout à l'heure. Ils ont refusé, mais moi je ne suis pas fier et j'ai besoin d'argent. C'est la barque dans laquelle je m'en vais pêcher le dimanche. Alors si l'odeur de poisson ne vous fait pas peur… »

Le journaliste secoue la tête.

« Non, bien sûr. Dix francs, ça vous irait ? »

L'autre hausse les épaules, va pour dix francs.

Tandis qu'il descend dans la barque qui vacille, Coupet garde un œil sur le bateau de plaisance qui aborde l'*Alabama*. Il ne veut pas la regarder mais il la voit, il devine l'intensité de sa solitude. Qu'est-ce qu'elle fait dans ce yacht ? Est-ce qu'elle a réitéré sa proposition auprès d'autres hommes ? Est-ce que l'un d'eux a accepté de gagner pour elle la dot de sa fille ? Celui-là, peut-être, avec son costume blanc ? L'autre, en uniforme ? Il y a tant de joueurs qui seraient flattés qu'on leur demande ce service. Qu'une femme belle, noble, et seule, leur présente cette requête. Belle… C'est la première fois qu'il formule clairement ce mot mais il n'y en a pas d'autre. Il repense à sa première apparition, derrière la colonne mauresque, quand il l'avait confondue avec la prisonnière américaine débarquée en Normandie. À présent, l'*Alabama* jette ses échelles par-dessus bord, les visiteurs se hissent en riant, les femmes poussent de petits cris. Il fixe l'ombrelle qui se fond parmi les passagers des *Deux-Sœurs*, tente de ne pas la perdre des yeux…

« Alors, vous croyez qu'il va gagner ? »

Coupet se retourne brusquement. Le forgeron rame avec entrain, la tête basse entre ses grosses épaules bossuées de muscles. Il répète en désignant d'un coup de menton la corvette confédérée :

« Paraît que les Américains ont décidé de se faire la guerre par chez nous ! Vous croyez que l'*Alabama* va gagner ? »

Le forgeron répète sa question avec une curiosité confiante, comme si le journaliste connaissait déjà l'issue des combats, comme si cette information était écrite dans le journal et qu'il était le seul à l'ignorer, parce qu'il ne savait pas lire. Théodore Coupet considère un instant cette masse de chair qui rame, les muscles qui se gonflent et roulent sous la peau à chaque mouvement.

« C'est ce que vous voudriez, pas vrai ?

— Un peu que c'est ce que je voudrais, diable ! Ces gaillards-là nous fournissaient le coton ! Et c'est à cause de ceux du Nord si nos usines ont fermé, si nos femmes n'ont plus de travail et passent leurs journées à attendre la paie pour nourrir les gamins…

— C'est plus compliqué… commence Coupet.

— C'est très simple au contraire. Que le Sud gagne et le coton reviendra chez nous. On pourra ouvrir les usines et vivre comme avant. Nous autres on est des travailleurs, on nous a pas appris à faire autre chose. Alors qu'on nous laisse notre travail et notre paie, c'est pas la mer à boire, hein ?

— Ce coton, savez-vous seulement qui le produit ? »

Il voudrait lui expliquer l'esclavage, les chapelets d'hommes arrachés à leur terre, emmenés de force, les fers, les fouets, les marchés où on sépare les mères des petits enfants pour les vendre comme des bêtes. Mais il devine que ça ne servirait à rien, l'autre poursuit son monologue, on lui a collé un marteau dans les mains à quatorze ans, avant il actionnait le soufflet pendant que son père cognait, trente ans de forge, ça a l'air de rien mais ça vous nettoie un homme. D'ailleurs il a le poignet en fer depuis le temps qu'il tape sur l'enclume, tâtez-moi ça, du fer, hein ?

Coupet hoche la tête, oui, du fer. Les rames frappent l'eau en cadence, on s'approche du bâtiment. Il a perdu l'ombrelle de vue, elle doit visiter le navire à présent. Il l'imagine dans la cabine du capitaine, admirant les chronomètres, les sextants, les jumelles. Peut-être même qu'elle les convoite. Peut-être qu'elle cherche des yeux, l'air de rien, les lingots du trésor corsaire. Maintenant qu'il connaît son besoin d'argent, il ne peut plus l'envisager que sous cet angle, il en a un peu honte, et d'ailleurs il se trompe : elle est là, rêveuse, appuyée au bastingage, les yeux fixés sur la montagne du Roule, tandis qu'il grimpe maladroitement l'échelle de corde.

Le capitaine Semmes accueille ses hôtes avec emphase : « Mesdames et messieurs, ceux qui vont mourir sont heureux de vous recevoir ! » La mise en scène est parfaite, le public immédiatement séduit. « Buvons ensemble, au courage, au panache, à ce que même la mort ne nous dérobera jamais : le sens de l'honneur ! » On applaudit, on se pâme, quel homme ! Mais quel homme ! Mme des Ramures ne dit rien. À la voir si distante, les épaules un peu rentrées comme sous le poids d'un chagrin, ou d'un secret, Coupet a cette certitude : elle n'a rien demandé à personne et son malheur est intact. C'est idiot mais cette pensée le rassure, comme s'il avait des droits sur ce qui la tourmente. Il s'approche d'elle et se découvre, elle répond dans un sourire :

« Monsieur… Je ne m'attendais pas à vous croiser ici.
— Pourquoi pas ? Je suis journaliste, tout ce qui se passe dans cette ville m'intéresse.
— Naturellement.
— Et vous ?
— Le capitaine d'Hérouville est un ami de mon mari, il m'a proposé de me joindre à leur petite équipée. »

Elle désigne le groupe d'un geste vague. Puis, comme si elle devinait ses pensées :

« Il doit avoir un peu pitié, j'imagine… »

Les toasts se succèdent, l'assemblée lève son verre et répète en chœur des serments d'amitié, des vœux de victoire. On jette l'anathème sur le *Kearsarge* qui attend à la sortie de la rade et entasse précautionneusement les boulets au pied de ses canons. Le navire yankee est le repoussoir de cette société aristocratique et militaire, il représente à lui seul la cause d'un Nord industriel, sans manières et sans panache, obéissant à une logique marchande, avec toute la vulgarité que donne l'argent à ceux qui ne savent pas en user. On boit à ceux qui vont mourir, mais seulement s'ils font la chose en gentilshommes.

Au milieu des cris et des exclamations, Théodore Coupet se penche vers elle. Il dit à voix basse :

« Écoutez, j'ai pensé à quelque chose… pour la dot de votre fille… »

Elle secoue la tête, visiblement embarrassée :

« Pas ici, s'il vous plaît. »

S'il vous plaît. Il a retrouvé l'intonation qu'elle a eue sur la plage et qu'il a recherchée longtemps dans la solitude de sa chambre d'auberge. C'est exactement ça, cette requête qui n'est ni un ordre ni une supplique. Elle lève les yeux vers lui :

« Ce ne serait pas convenable…

— J'ai trouvé un moyen de gagner de l'argent rapidement, et en quantité. »

Elle jette autour d'elle des regards furtifs. Mais personne ne fait attention à eux, les invités de l'*Alabama* manifestent bruyamment leur admiration devant le récit des exploits du corsaire sudiste. Le capitaine prie ses hôtes d'entrer dans son salon pour admirer ses prises de guerre, pas loin de cinquante chronomètres sauvés du naufrage des navires qu'il a coulés, quarante-sept pour être exact, oui, mesdames !

« Je peux vous en parler ce soir, si vous êtes d'accord. Je dois d'abord procéder à quelques vérifications. »

Quelque chose flambe en lui qui l'incite à parler vite, sans réfléchir, une mission, une responsabilité. Une aventure. Elle ne répond pas, joue nerveusement avec le manche d'ivoire abîmé de son ombrelle. Il s'interdit de la regarder en face, garde les yeux fixés sur la pointe de ses brodequins usés. Il craint trop de déceler sur son visage l'incrédulité, la désinvolture, ou un reste de morgue aristocratique qui aurait raison de sa confiance. Il ajoute vivement :

« Retrouvez-moi ce soir au casino. »

Il ne sait pas si elle a accepté, ni même si elle a seulement répondu. Il l'abandonne sur le pont et se dirige vers les soutes du navire, avec la discrétion d'un espion. Son cœur s'est accéléré. Il n'est plus sur le seuil : il est entré dans sa propre vie et voudrait y entraîner cette femme avec lui.

14.

Vendredi 17 juin, le soir
Cherbourg

Théodore Coupet est arrivé à l'ouverture, il doit prendre quelques notes pour le compte rendu qu'il enverra demain à *La Vie française*. Girardin lui a télégraphié son impatience : on boucle samedi et toujours aucun papier de Cherbourg pour la rubrique mondaine, qu'est-ce qu'il fait, bon sang ? Coupet s'est bien gardé de parler à son patron des navires américains, du duel qui se prépare, de l'histoire qui s'enflamme dans la rade normande tandis que la France hémiplégique a les yeux rivés sur le Nouveau Continent. Il veut les laisser croire que tout se joue de l'autre côté de l'Atlantique, le Mexique, l'Amérique, ces guerres exotiques qui redessinent la carte du monde pour des balles de coton tandis qu'en Europe le prix des bas flambe à mesure que les usines textiles ferment.

Depuis que l'or blanc manque, c'est le secteur entier qui s'asphyxie : soierie lyonnaise, rubanerie stéphanoise, broderie lorraine, toute la France retient son souffle en attendant la fin du blocus et l'établissement d'un couloir de contournement par le Mexique, l'expédition dure, deux ans déjà, qu'est-ce qu'ils fabriquent donc ? Il paraît que l'empereur et sa femme sont très inquiets de la situation. Elle, surtout, qu'on surnomme « la Fée chiffon » à cause de son goût pour les toilettes, des dépenses pour des robes toujours plus larges, plus volumineuses, des jupes élargies de crinoline, dont une seule suffirait pour tailler dix blouses aux ouvrières, et de nouvelles culottes aux soldats. Pour un empire qui a consacré le triomphe de la mode, qui a vu l'ouverture des grands magasins, encouragé les dépenses, les caprices, la vanité, c'est un coup d'arrêt terrible – d'autres disent : un châtiment.

Le prix des robes est devenu exorbitant, mais visiblement les Cherbourgeoises ont anticipé la crise – à moins qu'elles ne comptent sur la roulette pour renflouer les finances de leurs époux, siphonnées par leurs récents achats. Dans les allées des jardins du casino, c'est un défilé de toilettes comme on les exhibe en province pour les grandes occasions : un peu rigides, un peu empruntées, gonflées du désir d'être à la mode, avec cette accumulation de détails – étoles, bijoux, rubans, éventail assorti – qui leste leur allure et leur ôte la désinvolture de celles qui ont l'habitude. Théodore Coupet griffonne des croquis des costumes les plus remarquables, un taffetas de soie broché de roses, une traîne de mousseline démesurée, des abeilles d'or brodées sur les reins, une cape en dentelles de chantilly… Il relève quelques redondances avec le jour de l'inauguration – c'est le grand plaisir de ses lecteurs et le succès de ses chroniques : épingler la robe, le chapeau, les chaussures portés deux fois par la même personne ou mieux, par deux personnes différentes qu'une gêne identique oblige à un système de prêt. Demain, il donnera leur nom en pâture au public qui les réclame, on sera surpris sans doute de découvrir que Mme Dupouy, la femme de l'amiral, portait sous sa robe de soie ivoire des brodequins semblables à ceux du banquet de l'inauguration et que le châle de la comtesse d'Assonville ressemblait étrangement à celui qu'exhibait sa sœur à Longchamp le mois dernier. Simple coïncidence, sans doute.

Pour Mathilde des Ramures, il n'a rien noté. Elle porte pourtant toujours la même robe, une sorte de moire bleu sombre qui la rend presque invisible dans la nuit de juin, et son ombrelle repliée au manche d'ivoire fendu. Peut-être que ceux qui ont assisté à la fête somptueuse donnée il y a trois ans au Pré Catelan seraient curieux des détails de son déclin, la pauvreté est plus tragique quand elle succède à l'opulence, et les lecteurs de *La Vie française* aiment s'émouvoir à peu de frais. C'est un frisson un peu comparable à celui qu'offre le spectacle des joueurs du casino, la poulie magnifique de la fortune qui monte, qui descend et entraîne dans ce mouvement aléatoire les illusions et les regrets. Mais il n'a pas la tête à ce genre d'observation. Il n'a pas envie de parler d'elle dans son article, de la livrer en pâture à ses lecteurs trop curieux. Même : il la trouve émouvante au milieu de ce décor qui a causé sa ruine, et courageuse d'y venir seule, à la nuit tombée, alors que la bonne société de Cherbourg s'amuse.

« J'aimerais mieux rester dehors, si cela ne vous ennuie pas », corrige-t-elle à voix basse.

Théodore Coupet secoue la tête, non, ça ne l'ennuie pas. D'ailleurs, il préférerait partir. L'air est suffocant dans les jardins du casino, dans les allées éclairées de torches où se presse une foule endimanchée. Trop de monde, trop de lumières, trop de bruit. À l'entrée, un orchestre joue des valses sous un kiosque pour étourdir les hôtes, afin de les rendre plus perméables au vice du jeu, d'endormir leur méfiance naturelle. Car les Cherbourgeois ne sont pas des joueurs, ils viennent en curieux, en badauds, voir de leurs propres yeux cette arène infernale où se précipitent les fortunes sous les regards avides des possédés. Mais il est trop tôt encore, dix heures du soir, les misères sont gaies à cette heure-ci, les désespoirs décents, impassibles. On gagne, on perd avec le sourire de celui qui avait anticipé le coup, qui savait d'avance, avec ce flegme de ceux pour qui la vie n'a plus de mystères. Il faut attendre minuit pour que les symptômes se paroxysent, que les regards s'électrisent comme si, par la seule force de leur magnétisme, ils pouvaient ordonner à une boule de tomber dans telle case ou contraindre le râteau du croupier à pousser les pièces vers eux. Pour l'heure, les mises sont raisonnables, cinquante, cent francs tout au plus, les gentlemen ne jouent pas pour gagner mais pour observer en spectateurs les décrets du hasard, heureux ou malheureux, et pour s'en amuser.

Il propose de descendre sur la plage et elle acquiesce, traverse les jardins la tête baissée, sans jeter un œil au casino, ses fenêtres ouvertes d'où s'échappent les injonctions des croupiers, *faites vos jeux*, *rien ne va plus*, *rouge*, *impair et passe*, imprécations maléfiques qui ont précipité sa ruine et continuent à résonner au-dessus des tapis verts.

Sur la grève, l'air est plus vif, les vagues couvrent la rumeur du casino. On entend seulement l'orchestre, l'écho lointain de ses valses traînantes. Elle se tourne vers lui :

« Vous vous êtes donc décidé à jouer ? »

Il allume un petit cigare, secoue la tête en soufflant la fumée.

« Je vous l'ai dit, je ne suis pas joueur.

— Ce lieu effraie votre morale… », lance-t-elle en désignant l'établissement d'un petit coup de menton.

Il hausse les épaules, un peu piqué de ce ton vaguement moqueur. Elle doit le croire pusillanime, mesquin, avare. Engoncé dans les préjugés d'un petit-bourgeois soucieux d'épargne et de placements sûrs. Et d'ailleurs, par certains côtés, il l'est, à l'évidence. Son père pharmacien travaillait dur, il se souvient de l'avoir vu compter le soir la recette dans la boîte de fer-blanc, son front plissé, ses mains crispées sur les pièces, un sou est un sou. À sa mort, d'un brusque arrêt cardiaque, quand il n'avait pas dix ans, sa mère est devenue plus économe encore, elle reprisait ses robes elle-même, économisait les chandelles, lui laissait sa part de viande – il était en pleine croissance. Il a grandi dans ce souci de l'épargne, la hantise du déclassement. Il fallait économiser pour la pension, toute la fortune amassée à la vente de la pharmacie allait chez les pères jésuites : son éducation valait tous les sacrifices.

Comment aurait-il pu devenir joueur avec pareil modèle ? Ou même seulement prodigue ? Libéral ? Encore aujourd'hui, alors qu'il gagne près de trente mille francs par an à *La Vie française*, il lui arrive de se refuser un repas, un bock, un chapeau dont il n'a pas réellement besoin. Il doit se faire violence pour renouveler ses chaussures, ses guêtres quand elles sont usées. Il envoie au journal des factures pour tout. Il devine qu'elle le sait, qu'elle le voit et il en est contrarié, vaguement honteux. Il aurait voulu apparaître libéral et généreux, comme son mari doit l'être, les ennuis en moins. Il essaie de s'en sortir par une de ces déclarations générales qu'affectionnent les journalistes :

« J'aime la liberté. Rien ne me révulse autant que de voir un homme la sacrifier à une passion, quelle qu'elle soit.

— Mais pour vous il ne saurait en être question… Vous êtes un homme raisonnable. Je vous crois capable de jouer et de vous arrêter avant d'être pris. »

« Raisonnable », dans sa bouche, c'est pire que « voleur » ou « menteur ». Un vice, sans la flamboyance qui le fait pardonner. Il reçoit cette phrase comme un coup, il a envie de cogner à son tour, cherche une pique que lui dicteraient la supériorité de sa position, la bassesse de la sienne.

« Tous ceux qui sont aujourd'hui possédés par le démon du jeu ont dû dire ça un jour. Votre mari aussi, j'imagine. »

Aussitôt il regrette ses paroles. Et si elle le plantait là ? C'est absurde, cette peur, c'est elle qui a besoin de lui, pourtant c'est lui qui craint qu'elle ne l'abandonne. Mais elle ne répond rien, continue de marcher en frappant doucement l'air avec son ombrelle repliée, comme si la nuit devant elle était peuplée d'oiseaux à chasser pour frayer son chemin. La rumeur de la fête s'éloigne.

« Je ne le blâme pas. Est-ce que tout le monde n'est pas obsédé, chaque jour, par l'idée de gagner de l'argent ? Par le jeu, par le commerce, ou par tout autre moyen… C'est la règle, n'est-ce pas ? Extorquer de l'argent à autrui est l'affaire de ce siècle. Toute cette cupidité, cette avidité… Ce qui nous écœure, c'est de la voir concentrée entre les murs d'un casino, éclairée par ces lustres, augmentée par l'immédiateté des gains. Mais au fond, ce n'est que la mécanique occulte du monde qui s'exhibe soudain en pleine lumière. Tous les jours les hommes cherchent à amasser entre leurs mains les billets qu'un croupier invisible ratisse sur le tapis de la société, et personne ne s'émeut de toute cette boue, chacun y patauge allégrement, et leurs bottines sont immaculées, et leurs actions absoutes. »

Il se demande si la remarque vaut pour lui. Évidemment qu'elle vaut pour lui… La paie qu'il reçoit chaque mois, il l'extorque à ses lecteurs, en flattant leur curiosité, leur goût des commérages. Pour chaque article, il mise sur la mesquinerie, l'envie, la jalousie des hommes. Leur capacité à se réjouir des malheurs d'autrui. Il sait tout cela, il n'en est pas fier, qu'est-ce qu'elle imagine ? S'il pouvait faire autrement… L'entretien devient pénible, il voudrait lui donner une autre tournure mais ne sait pas comment… Il a eu tort de croire… Qu'a-t-il cru d'ailleurs ? Qu'elle se jetterait à ses pieds, éperdue de reconnaissance et d'admiration ?

« Écoutez, vous ne pouvez pas comparer. Il y a moyens et moyens… »

Mais elle poursuit d'une voix égale, du tac au tac :

« Non, ce sont les mêmes. Au moins, le joueur est indépendant, il n'extorque rien à personne, il ne profite de personne. Sa fortune tombe du ciel, pour ainsi dire…

— À moins qu'elle ne vienne de l'enfer… On dit que le diable est assez bon prêteur. À condition de se rembourser un jour. »

Elle s'arrête à la hauteur de la dernière cabine de bain. Il n'y a plus d'autre lumière maintenant que celle de la lune. Sa robe se confond complètement avec la nuit. Seul son visage pâle émerge des ténèbres.

« Est-ce pour me dire que mon mari est damné que vous m'avez donné rendez-vous ce soir ?

— Non… »

Il la devine blessée, tente de nuancer ses propos :

« Du reste, c'est un officier prêt à mourir pour la France, j'imagine que ce genre d'action rachète l'âme d'un homme…

— Pour peu qu'il reçoive l'absolution à l'heure de sa mort. Mais l'archevêque de Mexico a strictement défendu de la donner aux soldats français.

— En êtes-vous sûre ?

— Il me l'a écrit. »

Un silence s'installe entre eux. Il pense à tout ce qu'elle sait et qu'il ignore. Journaliste ou pas, il doit se contenter de la version officielle diffusée à coups de grands titres par la presse : les exploits de l'armée française, les victoires, l'arrivée triomphale de Maximilien et Charlotte de Habsbourg à Mexico, l'empire catholique comme rempart à l'expansionnisme américain et nouveau couloir pour acheminer le coton jusqu'en France. Un tableau trop idyllique pour être vrai. Les lettres de son mari doivent être d'une autre teneur, il le devine. Il les imagine pleines de la poussière des routes d'Oaxaca, abrasées de sable, portées par des vents aux noms étranges, Chocolatero, Santa Ana, Sonora. Les lettres de son mari… C'est bizarre, jamais il n'aurait imaginé qu'ils s'écrivaient… Il en éprouve une curiosité douloureuse comme une piqûre, le désir soudain de lire ces lettres, d'entrer dans cet échange qui lui est interdit. Il pense à l'Orphelin de la pension, au marché qui les liait – la correspondance maternelle contre ses desserts. Il se demande si elle accepterait qu'il lise les lettres mexicaines contre de l'argent, de quoi constituer la dot de sa fille. L'idée est atroce, absurde, mais parce qu'il sait qu'il ne la lui soumettra jamais, il s'y abîme comme dans un secret monstrueux.

Devine-t-elle ses pensées ? Elle a baissé la tête, enfonce l'extrémité de son ombrelle dans le sable, comme si elle cherchait à faire sourdre une source. Un instant, il se dit qu'elle va le saluer et repartir seule vers les lumières du casino. Il voudrait la retenir. C'est peut-être à cause de l'air frais, du bruit des vagues, de l'intensité tragique de cette nuit tendue au-dessus d'eux comme un dais de velours… Il n'a pas envie que la promenade s'achève. C'est surtout parce qu'il sait qu'à son terme ils rejoindront chacun leurs solitudes respectives et que la sienne lui sera douloureuse. Il cherche une parole pour la garder près de lui mais son inspiration est tarie, il ne lui reste que son va-tout.

« Pour votre fortune, j'ai eu une idée. Une idée très simple. »

Elle relève la tête.

« Laquelle ? »

Il aimerait trouver un moyen de différer son annonce, de la mettre en scène, de l'étirer dans la nuit. Mais rien n'est aussi bête que les questions d'argent. Leur banalité décourage tout effet de style.

« Connaissez-vous les bookmakers ? »

Elle secoue la tête.

« Un bookmaker, c'est une personne qui organise des paris en Angleterre.

— Des paris ?

— Oui… Différentes sortes de paris… Pour les courses hippiques, les combats de chiens, les combats de coqs… C'est une pratique très répandue au Royaume-Uni. Les bookmakers prennent les paris, mutualisent l'ensemble des enjeux en une masse commune et, à l'issue de la course, ou du combat, ils les redistribuent aux gagnants au prorata de leurs mises.

— Je ne vois pas où vous voulez en venir… Il n'y a pas d'hippodromes à Cherbourg…

— Non, mais il y a mieux. »

Il tend le bras devant lui, désigne la rade où l'on devine l'ombre de l'*Alabama*, ses mâts qui déchirent le ciel, ses voiles repliées comme les ailes d'une chauve-souris. Une lanterne se balance à une vergue, éclairant faiblement le navire.

« Samedi, dimanche au plus tard, cette plage va devenir le théâtre d'une immense naumachie. Deux navires, issus d'une même nation et pourtant ennemis, vont se battre. Ce sera, selon la formule du capitaine, un "duel à mort". Des milliers de personnes viendront assister au combat. Des Normands, bien sûr, mais aussi des Parisiens qui ont réservé leurs places dans le train de plaisir spécialement affrété à l'occasion de l'ouverture du casino. Ça fait beaucoup de parieurs potentiels… »

Il aimerait voir son regard, l'expression de son visage, mais elle reste tournée vers la mer, les yeux fixés sur la corvette confédérée.

« C'est ingénieux, bien sûr, mais j'y vois une objection.

— Laquelle ?

— À supposer que le public se livre à un jeu si macabre, je crains que les mises ne soient toutes pour le gagnant.

— Qui sera… ?

— Le navire sudiste, de toute évidence.

— C'est là que vous faites erreur. La victoire sera pour le *Kearsarge*, et personne ne pariera sur lui. Sauf vous, si vous m'écoutez. Alors vous remporterez la mise, c'est-à-dire des dizaines de milliers de francs. »

Cette fois elle tourne la tête vers lui. La lune éclaire son visage d'une lumière blême un peu irréelle. Elle l'observe longtemps, ses yeux fouillent son regard comme si elle passait en revue les qualités de son intelligence, sa loyauté, sa probité. Il subit cet examen sans ciller. Il a beaucoup de reproches à se faire, mais cette idée de pari n'est entachée d'aucune arrière-pensée, d'aucune ironie. Il se dit qu'il n'en a jamais eu d'aussi pure depuis longtemps, d'aussi désintéressée. Soudain, des noceurs descendent sur la plage, ils crient fort, on entend des exclamations, des bruits de lames, des coupes qui s'entrechoquent. Ils doivent sabrer du vin de champagne, s'enivrer avec l'excès de ceux qui n'en ont pas l'habitude. Des femmes rient. Elle le tire par la manche.

« Venez ! » souffle-t-elle en l'entraînant derrière une des colonnes des cabines de bain.

Ils sont tout près l'un de l'autre à présent, il sent son parfum, une sorte d'eau de Cologne plutôt virile qu'elle aura empruntée à son mari. Son corsage se soulève à chacune de ses inspirations, il considère la naissance de sa gorge, sa peau piquée de soleil, qu'une poudre de riz masque imparfaitement. Un instant il s'émeut de ces précautions, l'eau de toilette, la poudre, ces restes de coquetterie chez une femme qui n'a plus de mari, plus d'argent, qui cherche dix mille francs de dot et un billet de train pour rentrer à Paris. Le désir pourtant l'effleure à peine, caché derrière un sentiment plus puissant, plus obscur, inconnu encore. Jusqu'ici il a eu des attirances, des caprices brefs et vifs, que la possession physique suffisait à dissiper. Mais là c'est autre chose, une sorte d'exaltation qui le soulève, une vague de joie pure où se mêlent confusément les bateaux, la guerre, la perspective des combats, toute une vie excitante jusqu'ici refusée et qui se donnerait enfin. Il se demande si elle devine son trouble mais elle poursuit son raisonnement obstinément, le front soucieux, les sourcils froncés comme si elle devait résoudre un problème compliqué.

« Comment l'idée vous est-elle venue ? »

Immédiatement, il pense à l'illumination qu'il a eue dans sa chambre d'hôtel, l'association mystérieuse et incongrue : *Palmyre Alabama*. Mais comme il n'ose dire la vérité sur ce délire de son imagination, il ment :

« C'est très simple : j'étais sur la plage, comme maintenant. Il y avait derrière moi le casino, devant les navires américains. À force de tourner la tête pour aller de l'un à l'autre, leurs deux images se sont télescopées ou plutôt superposées, la guerre et le jeu, le jeu et la guerre… De là l'idée du pari…

— Qu'est-ce qui vous rend si certain de la victoire des Yankees ?

— Deux raisons. La première est d'ordre général : c'est la marche du monde. Les États du Sud appartiennent au passé. Leur aristocratie un peu frelatée, leur économie fondée sur la terre, leur mode de vie… Ce sont des restes d'Ancien Régime, tout cela sera balayé par la révolution industrielle. On n'entrera pas dans le XXe siècle avec du coton et des esclaves, c'est… c'est impossible… »

Il hésite à parler de ce qu'il sait, des photos rapportées d'Amérique, des chaînes, des regards vides… Il craint de perdre son assurance, de laisser paraître son émotion. Il redoute aussi, peut-être, qu'elle ne partage pas cette émotion, qu'elle ne comprenne pas son indignation. Qu'elle soit de ces bonnes consciences qui ont lu *La Case de l'oncle Tom* puis l'ont refermé en disant « Eh bien, c'est atroce, allons nous promener ». Il se tait un instant, elle ne réagit pas, comme si l'idée faisait lentement son chemin, rejoignait d'autres considérations, peut-être le souvenir des lettres de son mari, envoyées du Mexique.

Il reprend :

« L'autre est d'ordre technique : on ne se bat pas pendant vingt mois sur les mers du globe sans épuiser un bâtiment et son équipage. Vous vous souvenez de notre rencontre sur le pont de l'*Alabama*, cet après-midi ? J'ai observé le navire, il présente de graves faiblesses. En l'occurrence, les doublages en cuivre sont disjoints et traînent de l'eau, ce qui ralentira sa maniabilité. En outre, la poudre entreposée est humide, à cause de la condensation des chaudières, lancées à plein régime depuis des mois. Les parois de la soute aux munitions dégoulinent de buée. Avec une poudre pareille, les tirs seront sans effet sur l'adversaire.

— Mais que faites-vous des victoires du capitaine ? On dit que personne ne l'a jamais battu…

— C'est vrai. Mais les navires qu'il a arraisonnés étaient plus petits, moins puissants. Le *Kearsarge* avec ses quatre cent trente livres de bordée est plus rapide que lui, plus gros, mieux armé, son équipage est plus nombreux et moins fatigué… Sans compter qu'il doit connaître à l'heure actuelle tous les points faibles de son adversaire.

— Comment cela serait-il possible ?

— Et les prisonniers de l'*Alabama* mystérieusement disparus ? Croyez-vous qu'ils n'ont pas parlé ? Je suis persuadé que l'agent consulaire américain de Cherbourg, ce M. Édouard Liais, s'est chargé de transmettre au capitaine Winslow les informations nécessaires, et que celui-ci saura s'en servir contre son adversaire, en temps voulu… »

Elle se mord la lèvre, jette un regard inquiet vers la silhouette de l'*Alabama* que la lanterne semble éclairer avec plus d'intensité à présent, comme si elle le désignait à la mort qui rôde. Les noceurs ont disparu, tout n'est plus qu'ombre et silence. Un frisson parcourt sa nuque. Elle doit penser à la visite de cet après-midi, aux mondanités, à la collection de chronomètres, au vin du Cap… Toute cette vanité vouée au naufrage.

« Mais… le capitaine…

— Loin de moi l'idée de détruire vos illusions sur les gentlemen du Sud, madame. Le capitaine Semmes est sans doute un homme d'honneur, je n'en discute pas. Mais c'est aussi un arrogant et toute sa suffisance n'y pourra rien : il sera vaincu. »

15.

On dit que les rêves de ceux qui habitent en bord de mer sont teintés de bleu. Que cette couleur imprime la rétine des peuples des côtes et s'immisce dans les espaces brumeux où fermentent leurs songes. Mais en cette nuit de juin, à Cherbourg, les rêves sont verts. Du moins ceux de Théodore Coupet qui dans sa chambre d'auberge glisse dans un sommeil imprégné de l'eau de Cologne de Mathilde des Ramures, ce parfum un peu fort resté dans son sillage après son départ de la plage. « Je vais y réfléchir », c'est ce qu'elle a dit en le saluant avec cet air grave, ce ton solennel qui lestait leur échange d'un poids tragique. Quiconque les aurait vus chuchoter derrière la colonne mauresque des cabines de bain aurait pensé qu'ils étaient deux amants en cavale, coupables de quelque forfait.

Elle avait des doutes, « parier sur la mort » lui semblait une faute, spéculer sur la défaite de l'*Alabama*, presque un crime. Il lui avait rappelé ses propres mots, la désinvolture avec laquelle, un instant plus tôt, elle considérait les jeux d'argent comme une façon de s'enrichir sans escroquer personne. La liberté un peu crâne qu'elle prenait avec la morale bourgeoise des comptables. À la fin, il cherchait à la persuader, comme s'il était le bénéficiaire de cette entreprise qu'il avait pourtant élaborée pour son seul profit. Il déjouait ses scrupules, combattait ses réticences. Il se demandait pourquoi il y mettait tant de feu, si c'était là son orgueil, le désir de la gagner à ses plans ou celui, plus généreux, de lui être utile. Mais ces motivations, réelles, s'inclinaient devant une autre plus impérieuse : l'idée d'avoir un dessein commun qui leur permettrait de passer ensemble les jours à venir. En vérité, il n'envisageait pas de vivre cette bataille navale, c'est-à-dire, vraisemblablement, les heures les plus riches de son histoire, sans elle.

Elle ne lui a pas menti en lui répondant qu'elle allait y réfléchir, car depuis qu'elle a quitté la plage des Mielles elle ne fait que ça. Un pari… Elle y pense tandis qu'elle regagne sa chambre sur l'avenue de Paris, face au port, un appartement prêté par des amis qui ont laissé les clefs au capitaine des Ramures en apprenant qu'il devait rejoindre le Mexique depuis le port normand. Elle avait d'abord refusé, mais ils avaient insisté, allons, ça leur permettrait d'attendre confortablement le départ des navires français pour Veracruz, si on ne pouvait plus se rendre ce genre de service entre amis… Et puis Cherbourg était plein de charme au printemps, ils verraient, ils profiteraient de la plage et des bains de mer tout neufs qu'on devait inaugurer sous peu…

En vérité, Charles et Mathilde avaient surtout consacré leurs dernières heures communes à faire des comptes. Enfermés dans leur chambre, ils avaient repris inlassablement la même conversation, où il était question d'argent, de dot, de dettes, il ne restait plus rien, que vendre ? Que donner à Palmyre ? Que dire à la famille du fiancé ? Sans compter les frais de la noce, car la belle-famille voyait les choses en grand, un festin, des fleurs, un orchestre, cinq cents couverts. Alexandre de Montformoy était fils unique, son mariage avec la descendante d'une très vieille famille de France offrait aux parents l'occasion de faire oublier une particule achetée à la hâte, un blason un peu trop récent. Charles des Ramures avait ôté son alliance, l'avait tendue à sa femme sans cérémonie, tu la mettras au clou en attendant des jours meilleurs. Elle avait protesté, et si ça lui portait malheur ? Il avait ri, allons, une bonne chrétienne comme elle, croire à ces superstitions !

Elle n'avait pu se résoudre à se rendre elle-même au mont-de-piété – elle gardait un souvenir cuisant de la première fois qu'elle y avait déposé le service à thé de sa famille, des couverts en argent, le portrait d'un ancêtre archevêque. Elle revoyait la belle façade de la rue des Blancs-Manteaux avec son fronton orgueilleux, et cette entrée magistrale qui avalait des ombres courbées serrant contre elles leurs baluchons, tout ce que Paris comptait de misère et de ruine. Elle se rappelait le ton atone du guichetier, son air blasé. Elle avait cru le surprendre en déclinant son identité mais il avait haussé les épaules, il voyait chaque jour des aristocrates sur la paille, elle était pauvre et même pas originale.

Un peu par faiblesse, un peu par lâcheté, elle avait envoyé l'alliance à Palmyre, en la priant de la mettre en gage pour payer les frais de sa vie parisienne – ses toilettes, ses sorties, le bal, l'opéra… La jeune fille vivait comme au temps de leur fortune, Charles était très ferme là-dessus : une demoiselle ne devait pas s'occuper d'argent. Ça tombait bien : Palmyre n'en parlait jamais. En avait-elle seulement tiré un bon prix ? Ses lettres n'en disaient rien, et Mathilde n'a pas eu le cœur de lui poser une question qui les humilierait toutes les deux. Elle soupire en pensant aux efforts déployés par les Montformoy pour se créer une ascendance noble, toute cette vanité à rebours, à l'heure où les titres ne valent plus rien, où les blasons ne sont que de vieux souvenirs exhibés au fond des gentilhommières normandes à des voisins complaisants.

Elle ôte ses bottines pleines de sable, délace sa robe qui tombe à ses pieds comme une montgolfière dégonflée. La crinoline dessine des cercles d'osier autour de ses jambes nues, elle se déleste de cette armature, le panier inutile qui sépare son corps du monde réel, qui le tient à distance. Un pari… Il a eu cette idée inédite et un peu macabre, prendre des paris sur la bataille navale qui se prépare. Un instant elle a failli adhérer à cette folie, il avait l'air si sûr de lui. La victoire du *Kearsarge* à ses yeux ne fait aucun doute et elle-même, à présent, est certaine qu'il a raison. Le Sud va perdre car le Sud, c'est le Vieux Monde et que celui-ci est voué à sombrer, quoi qu'en pensent les Montformoy et autres nostalgiques de l'Ancien Régime. Mais de là à parier… à s'enrichir sur cette défaite, à spéculer sur la mort de ces marins venus de l'autre continent, leurs corps abandonnés au fond de la rade normande… Elle s'allonge sur son lit, fait glisser ses bas du bout de son pied. Un pari… Ce ne serait pas convenable, elle le lui dira demain. Elle ne veut pas l'offenser pourtant. Elle ferme les yeux. La silhouette du capitaine Semmes apparaît, emmêlée d'algues, ficelée de varechs. *A real gentleman.* Le sudiste tente de lever son verre « Aux braves ! » mais les plantes ductiles le retiennent, poussent sous son uniforme, s'enroulent autour de son bras. Il chancelle dans une épave verte de mousse, qu'elle reconnaît pour être celle de l'*Alabama*.

Verts aussi sont les rêves des marins au fond des hamacs. Dix-huit mois de mer suffisent à transformer le moindre carré d'herbe en éden. Ils ont laissé derrière eux des prairies, des champs, des jardins et maintenant ils sont condamnés à errer sur les eaux, à subir l'interminable clapotis, le soubresaut des vagues, les caprices variés des océans. Empêchés de remettre un pied sur la terre ferme : cela n'est plus à leurs yeux une stratégie de guerre, une mesure décrétée par l'ennemi ; cela ressemble plutôt à la malédiction ordonnée par quelque dieu cruel, un châtiment aveugle. Pourtant, ils ne veulent plus voyager, ils ont vu assez de tempêtes et de naufrages. Ils voudraient retrouver la terre, la vraie, celle pour laquelle on se bat depuis si longtemps, deux ans, trois, on ne sait plus, on refuse de compter.

La terre, ils en viennent tous, une métairie, une ferme, une plantation où leurs pères ont poussé la charrue sous leurs regards goguenards et un peu dédaigneux, le mépris de ceux qui verront du pays. Mais l'expression est mensongère : du pays, les marins n'en voient guère. Ils doivent se contenter des miettes qu'on leur laisse : rades, îles, baies, péninsules, quais arrachés à des continents fermés… Des ersatz, des reliquats de terre pour les punir d'être partis, d'avoir cru que ce serait mieux, les aurores à la proue, les crépuscules au mât d'artimon, les nuits entre deux rives. Maintenant, ils ne rêvent que de retour, s'amarrer pour de bon, jeter l'ancre, retrouver la ferme familiale, les grands cyprès de Charleston où pendent les mousses espagnoles, les plantations assoupies dans l'écrin de chênes tortueux, Savannah, Atlanta, les villes-jardins du Vieux Sud. Leur sommeil est plein de l'odeur des sillons, des bêtes qu'on rentre le soir, des prairies immenses qui courent vers l'ouest.

Le capitaine a dit que la bataille serait décisive, que la guerre finirait bientôt. Mais il n'a pas précisé qui serait vainqueur. Alors, les marins se retournent dans leurs hamacs. Les Français qui sont venus sur le pont aujourd'hui ont vanté le bocage normand, ils ont parlé de haies, de pommiers. Ce doit être beau, très vert. Les marins font la même prière : s'ils meurent ici, que ce ne soit pas au fond de l'eau. Qu'on ramène leurs corps sur la plage puis qu'on les enterre pour de bon, au cœur de cette terre grasse qu'ils n'auront pas foulée. Qu'on laisse pousser sur leurs tombes les ronces, les herbes folles, le lichen. Et qu'on y plante le *Bonnie Blue Flag* pour dire qu'ils n'étaient pas de cette terre mais d'une autre, lointaine et défendue, où ils ne purent jamais rentrer.

16.

Samedi 18 juin
Mexico

Un tapis vert, c'est la première chose que voit Charlotte quand elle ouvre les yeux à l'aube. Un tapis vert, un peu duveteux, sur lequel elle est étendue. Il lui faut quelques secondes pour reprendre ses esprits, pour se souvenir de la veille, le feu d'artifice devant le palais, sa peur en entendant les cris de la foule, les détonations. L'impératrice se rappelle le calme de son mari, son impassibilité. À quoi pensait-il ? Elle se retourne sur le dos, fixe le plafond lézardé de fissures. Déjà le soleil pénètre dans la pièce et découpe sur le parquet de grandes dalles claires d'où s'envole la poussière. Que fait-elle dans cette salle immense, aux murs ornés de portraits magistraux, des conquistadors en armures noires, des prélats en habits rouges ? Dans l'angle de chaque tableau le drapeau mexicain prend des armes différentes, des symboles qui changent selon le régime en place.

Elle passe sa main sur le tapis vert. Pourquoi n'est-elle pas dans sa chambre, sur un drap de coton blanc ? En quelques secondes elle se remémore l'heure terrible du coucher. La chambre impériale, obscure avec ses boiseries sombres et son odeur de salpêtre, dans laquelle elle est entrée avant de sortir, horrifiée. Une horde de cancrelats l'a obligée à fuir, des énormes punaises qui avaient envahi le lit à baldaquin et grignotaient les étoffes dans un prodigieux concert de mandibules. Dans le couloir, elle a retrouvé Maximilien qui regardait avec une curiosité placide la procession des insectes jusque dans son propre lit. Les femmes de chambre sont arrivées, empressées mais résignées, on ne pouvait rien contre ces bêtes, une vraie vermine dont il était quasiment impossible de se défaire, d'ailleurs tous les palais de Mexico en étaient infestés. Elle s'est retenue de hurler, opposant son visage grave à leur fatalisme, elle a tenté de sourire, qu'importe, on trouverait une solution…

Maximilien a décidé de dormir sur la terrasse, dans une chaise longue en rotin. La nuit était chaude, le ciel clair, il serait parfaitement bien, merci, vous pouvez disposer. Elle s'est réfugiée dans un grand salon, où trônait un billard recouvert d'un tapis vert. Sa nouvelle femme de chambre mexicaine, teint cuivré, pommettes saillantes, cheveux de jais, lui a proposé d'en faire sa couche : les cancrelats ne monteraient jamais jusque-là, *ciertamente*. Elle lui a apporté des draps avant de s'installer à côté du billard, sur un petit fauteuil crapaud. Une nuit sur un billard… Voilà comment commence son règne. Une angoisse la saisit, personne ne doit savoir. Dans son sommeil, elle s'est vue au centre d'une table de jeu, comme il en existe dans les casinos, tandis qu'au-dessus d'elle tournoyaient les visages des joueurs, Napoléon III, son père le roi Léopold de Belgique, l'archiduc Maximilien, le pape, le général Bazaine, tous ces hommes jetaient au centre du tapis vert des billets par milliers tandis qu'un croupier aux allures inquiétantes ratissait leurs mises en griffant son visage.

Dans un mouvement d'angoisse rétrospective, Charlotte porte la main à ses joues, caresse sa peau intacte. Puis elle cherche des yeux sa femme de chambre. La Mexicaine dort encore, enveloppée dans son long châle bariolé, rose indien, bleu turquoise, vert vif. Sa poitrine de nourrice se soulève à chaque inspiration. Leur premier contact a été un peu étrange, la femme de chambre s'est ruée sur l'impératrice avec une familiarité surprenante et lui a donné l'*abrazo* – « la plus éloquente manifestation de tendresse et d'estime qui soit dans le pays », a expliqué Bazaine –, une étreinte assortie de petites tapes dans le dos, bien éloignée des salutations protocolaires de la cour de Bruxelles. Charlotte s'est sentie affreusement gênée, un peu choquée aussi, on n'en usait pas ainsi chez elle. Mais chez elle à présent c'est ici, dans ce palais baroque et déserté, que personne n'a jugé bon d'aménager pour les nouveaux souverains.

Charlotte inspecte la pièce où elle a dormi. Les murs sont fissurés, les peintures s'écaillent, la balustrade du balcon est brisée. Les créneaux de l'ancienne forteresse ont été transformés en fenêtres avec des grilles en fer forgé qui rappellent celles d'une prison. Elle est prisonnière. Mais de qui ? Du peuple mexicain ? Des militaires français ? Des appétits impérialistes de Napoléon III ? Ou de sa propre ambition, cette passion du pouvoir contractée à Laeken, quand elle bavardait avec son père, dans son bureau, des heures entières, après le souper ? Elle se souvient de l'attention qu'il portait à ses remarques sur la marche du royaume, de son admiration, quelle prodigieuse intelligence politique elle avait, cette petite était faite pour régner… Pourtant, elle savait que sa naissance l'avait déçu : Léopold Ier n'attendait pas une fille mais un nouveau fils, alors même qu'il en avait déjà deux. Depuis que l'aîné était mort, à un an à peine, le roi des Belges vivait dans la crainte de voir disparaître ses héritiers, et alors qui lui succéderait ? Mais Charlotte avait vaincu ses réticences, elle était si vive, si belle avec ses grandes prunelles sombres, si gaie, expansive, très intelligente. Elle surpassait ses frères, Léopold et Philippe, dotés de caractères mornes et ombrageux. On lui avait donné le prénom de « Charlotte », sa mère y avait consenti même s'il devait lui être douloureux de voir sa fille unique porter le prénom de la première femme de son mari, la princesse de Galles, morte à vingt et un ans, éternellement regrettée.

Au fond, son enfance avait été heureuse, entre le château de Laeken, les vacances à Ostende, les visites à Londres, à Paris où régnait son grand-père le roi Louis-Philippe. La mort de sa mère, alors qu'elle avait juste dix ans, avait tout changé. Elle se souvenait encore des derniers jours de la reine à Ostende, dans la résidence royale de la rue Longue. Des promenades sur la digue, à pas lents. De la toux qui la prenait et ne s'arrêtait pas. Elle était si faible les derniers jours qu'il avait fallu la hisser dans une malle en osier, à l'aide d'une poulie, jusqu'à sa chambre située au deuxième étage de la maison. Charlotte revoit son alcôve, les cataplasmes, la quinine, le sirop de fer aux sangsues, le lait d'ânesse, et ce défilé de médecins, incapables de se mettre d'accord, était-ce la tuberculose ? Une forme d'asthme gravissime ? Ou bien les séquelles de la coqueluche qu'elle avait soignée chez sa fille, la petite Charlotte justement, qui écoutait derrière la porte, remplie d'effroi, à jamais coupable ? Après la mort de sa mère, elle était devenue cette enfant grave et introvertie, on ne l'avait plus vue sourire. Son père se plaisait toujours à bavarder avec elle mais il s'en effrayait parfois : elle connaissait trop de choses, savait trop de langues, apprenait trop vite, comprenait trop bien, autant de dispositions qui rendraient son mariage malheureux. D'ailleurs, Maximilien de Habsbourg, quand il avait accepté sa main, n'avait-il pas prononcé à Vienne ces mots qu'on lui avait rapportés : « Elle est petite, je suis grand, ce qui doit être. Elle est brune, je suis blond, ce qui est bien aussi. Elle est très intelligente, ce qui est un peu ennuyeux, mais sans doute en viendrai-je à bout » ?

Charlotte se redresse. Depuis son billard, elle aperçoit la terrasse où son époux sommeille dans son grand uniforme. L'empereur endormi. Est-ce pour en venir à bout qu'il refuse de dormir avec elle ? C'est pourtant l'inverse qui se produit. Moins il la touche, plus elle réfléchit. S'il la prenait dans ses bras, elle se laisserait faire, elle abdiquerait son intelligence trop vive, sa volonté, son ambition pour devenir une femme sensuelle échouée sur les plages d'une vie instinctive et plus douce. Elle se signe – sa grand-mère dit que c'est ainsi que chaque journée devient un cadeau de Dieu. Sa grand-mère… Il faut qu'elle lui écrive, qu'elle envoie une lettre à Claremont, en Angleterre, où les Orléans se sont réfugiés depuis la révolution. Marie-Amélie de Bourbon a beau être une reine déchue depuis près de seize ans, elle demeure pour Charlotte son meilleur guide dans l'exercice du pouvoir, sa confidente, sa conseillère, comme elle l'a été depuis la mort de sa mère. Enfin, « confidente »… le terme n'est pas exact. Charlotte ne montre à son aïeule que la meilleure partie d'elle-même. Une version sublimée de sa vie. Dans ses lettres ce sont toujours les mêmes déclarations, son époux est un homme merveilleux qui la comble d'attentions, son bonheur est complet, le Mexique est une terre bénie, Mexico ressemble à une capitale d'Europe. Elle va ajouter aujourd'hui la description du palais. Quand elle en aura énuméré les charmes, vanté l'architecture, décrit les ornements et le luxe de sa chambre, elle finira par y croire elle-même. Comme elle croit à l'amour de son époux. Comme elle veut croire que son destin sera grandiose.

17

Samedi 18 juin
Cherbourg

« Une lettre mettrait trop de temps, il faut télégraphier. »

À peine le capitaine Semmes a-t-il quitté les bureaux de l'amirauté que l'amiral Dupouy prépare la dépêche à dicter au télégraphiste. En quelques minutes, les cliquetis reprennent. *Clic, clic.*

> *Le capitaine Semmes, commandant du CSS* Alabama, *a fait part de sa décision de quitter la rade de Cherbourg dimanche 19 juin, entre 9 et 10 heures.* Clic. *Le Kearsarge croise toujours en dehors de la digue, à 6 miles environ.* Clic. *Le capitaine Semmes ayant annoncé son intention de se battre avec la corvette unioniste, je ferai appareiller la* Couronne *pour l'accompagner jusqu'à la limite des eaux territoriales.* Clic. *Je veillerai avec fermeté à ce que les deux bâtiments ne combattent pas dans les eaux françaises.* Clic. *Je m'engage à vous communiquer au plus vite l'issue de la bataille.* Clic, clic, clic. *Veuillez agréer, Monsieur le ministre, etc.*

Il s'assoit, se frotte le front, l'air soucieux. Que faire de plus, que faire d'autre ? Prévoir des secours pour les hommes tombés à l'eau ? On l'accuserait d'ingérence. Négliger ce point lui coûte pourtant, ces hommes projetés hors du navire par un obus, il faudra les laisser couler, sans réagir, sans tendre une main, une rame, au nom de la sacro-sainte « neutralité française » ? Neutralité… Tu parles… Comme si on ne savait pas la position de l'empereur dans cette affaire, comme si on ignorait sa prédilection pour le Vieux Sud, sa volonté de le voir triompher. « Si le Nord est victorieux, j'en serai heureux, mais si le Sud l'emporte, j'en serai enchanté » : les mots de Napoléon III sont connus, ils ont été répétés, approuvés par ses ministres, ses proches, tous favorables au Sud. Morny, Murat, Walewski, Persigny, la cour est acquise à la cause des planteurs, ces cousins d'outre-Atlantique avec qui on fait volontiers affaire, ton coton contre mon cognac, mes vins de Champagne, mes pendules du Jura, mes soieries de Lyon, mes couteaux de Laguiole. Bien sûr, il y a la question de l'esclavage, unanimement réprouvée par la France, mais on en reparlera après, à l'issue du conflit, comme on refuse d'aborder en famille les sujets qui fâchent au plus fort des crises.

Auguste Dupouy se lève et sort sur le balcon de l'amirauté où est posée sa longue-vue. Il est 7 heures. Le soleil est déjà levé sur la rade de Cherbourg. Les pêcheurs rentrent au port. Des pauvres ramassent du varech sur la plage des Mielles, ils trouvent des cigares. Les bonnes font leur marché, place de la Poudrière. On attend du monde à l'hôtel des Bains. Dans leurs villas ouvertes sur la mer, les bourgeois se frottent les yeux. Ils font leurs comptes : la veille, le casino les a enrichis, appauvris, pas encore ruinés. Certains se promettent de n'y jamais retourner, c'est trop bête d'épargner si longtemps pour tout risquer à la roulette. Mais d'autres ont les yeux fiévreux, les mains moites, l'esprit échauffé de ceux que le démon du jeu a gagnés, il faut y retourner, plus que deux heures et le casino ouvrira ses portes. Pour tromper leur attente, ils font des calculs. Le zéro est sorti cinq fois de suite la veille, un coup inédit. Et s'il ne sortait plus ? « Rouge », « pair », « passe », « manque », ces mots dont hier encore ils ignoraient la signification roulent dans leurs têtes avec la rapidité de la bille éjectée d'une alvéole à l'autre. Tout miser sur le noir ? Changer son fusil d'épaule ? S'obstiner jusqu'à ce que le numéro sorte ? Tenter la douzaine du milieu – triple gain mais deux chances contraires ? Ils sont encore à l'heure où l'on croit possible de rationaliser sa pratique, où l'on élabore des stratégies pour coincer le hasard et lui faire prendre la direction choisie. Ils ignorent que c'est le hasard qui les tient et les entraîne dans ce tourbillon ininterrompu, qui les projette hors de toute mesure, hors d'eux-mêmes.

Le regard du vice-amiral quitte le casino pour se diriger vers la rade. Il est marin, il connaît l'atmosphère des veilles de combat, le silence, cette concentration extrême de l'équipage, l'œil aux aguets, l'oreille en alerte, les gestes précis, mécaniques, les ultimes vérifications. Il devine les préparatifs sur le pont des navires, le capitaine qui passe en revue les équipements, ordonne qu'on dégage le pont de tout matériel inutile. Il faut approvisionner les pièces, placer à portée de main boulets, obus et mitraille, affûter les armes blanches pour prévenir un éventuel abordage. Les meules tournent, les lames s'aiguisent, les esprits se tendent vers la perspective du combat à venir. Auguste Dupouy braque sa longue-vue vers le *Kearsarge*. Winslow prépare ses hommes à l'affrontement en organisant à intervalles réguliers des branle-bas de combat factices. Il minute le temps nécessaire pour que chacun soit à son poste. Hier, il a fallu douze minutes, c'est encore trop, on peut s'améliorer…

La lunette de Dupouy se déporte lentement vers l'est, survole la surface rase de la mer qu'aucune vaguelette ne trouble. Soudain l'instrument s'arrête net, l'œil du vice-amiral s'écarquille. Le canot du capitaine Semmes revient tranquillement vers l'*Alabama*. À bord, le commandant fume la pipe, un mystérieux sourire aux lèvres, tandis que le matelot portugais rame. Quel diable d'homme, pense Dupouy. Il est venu à l'aube pour annoncer au préfet maritime son intention de se battre, et il revient vers son navire, content, l'air serein, comme s'il s'était rendu à terre pour quelque flânerie dominicale sur la promenade du Roule. Demain matin, à la même heure, il lèvera l'ancre pour affronter son ancien frère d'armes, devenu son adversaire.

Dupouy ne peut s'empêcher de s'interroger sur le choix de cette date et de cet horaire. Dimanche, entre 10 et 11 heures. Bien sûr, ce sera l'office. Semmes est un fervent catholique, il espère peut-être qu'on dira des prières pour lui, dans les églises de Cherbourg. Mais s'il est croyant, il est aussi pragmatique : il compte sans doute sur l'office célébré à la même heure sur le pont du *Kearsarge* pour endormir la vigilance de Winslow et retarder le branlebas de combat. Ces considérations stratégiques passent cependant après le souci de la mise en scène. Semmes est depuis trop longtemps ancré dans la rade de Cherbourg pour ignorer les festivités qui animent la ville. Nul doute qu'il compte sur le public français, son soutien indéfectible. Or le train de plaisir affrété par la Compagnie de l'Ouest à l'occasion de l'ouverture du casino arrivera à l'aube du dimanche 19 juin. Des milliers de Parisiens, avides de spectacle et de divertissement, se joindront aux Normands attirés par cette prodigieuse naumachie.

Semmes le sait, et cette perspective flatte son sens de la mise en scène héroïque. « Mesdames et messieurs, l'histoire se déroule sous vos yeux ! » Le gentleman sudiste s'apprête à jouer pour le public normand un échantillon de la bataille qui ravage son pays, comme une miniature de guerre civile. Mais avec de vrais obus, de vrais noyés, un vaincu, un vainqueur – et ce sera lui, chers spectateurs, sous vos applaudissements !

Pour l'heure, Auguste Dupouy a permis au capitaine de remplir les soutes de l'*Alabama*. Cent cinquante tonnes de charbon devraient protéger la coque des projectiles ennemis. Quant au reste, le vice-amiral a été très ferme : c'est non. Non pour laisser grimper à bord des volontaires accourus *in extremis* à Cherbourg afin de prêter main-forte au navire confédéré. Comme il a refusé au *Kearsarge* d'embarquer des renforts parmi les anciens prisonniers de l'*Alabama*. Au moins, on ne pourra pas lui reprocher d'avoir favorisé un parti au détriment de son adversaire. Non, ça, on ne pourra pas le lui reprocher. Il a été d'une parfaite équité… dans ses actes, du moins, parce que pour le reste… Bien sûr, son cœur penche côté Sud, mais qui peut le savoir ? Soudain il doute. Il a peut-être trop parlé à l'inauguration du casino. Au banquet. Pendant les toasts. Il faut dire que la présence de Mme Octave Feuillet l'a troublé, son regard admiratif, son imagination romanesque… Il voulait montrer… montrer quoi d'ailleurs ? Quel imbécile ! Soudain il sent ses tempes bourdonner, son cœur s'emballer. Il n'a plus l'âge d'impressionner les jeunes femmes. Il aurait fallu être neutre, complètement neutre, absolument neutre. Est-on jamais assez neutre quand on occupe une fonction comme la sienne ? Il rentre dans son bureau, ferme la porte, replie la longue-vue. Il se dirige vers le télégraphiste.

« Une réponse du ministre ? »

L'autre secoue la tête.

« Rien, amiral. »

Auguste Dupouy s'éponge le front. Il en était sûr. Il n'a pas fait ce qu'il fallait… Il va rectifier immédiatement. D'une voix étranglée, il dicte un nouveau message :

Telle est la conduite que je me propose de tenir et que je vous fais connaître d'avance, Monsieur le ministre, pour que vous puissiez m'avertir en temps opportun, et redresser, s'il y a lieu, mes appréciations dans des circonstances si délicates.

Clic, clic, clic.

18.

Quelle conduite devra-t-il tenir ? Il l'ignore. Seul devant la glace, dans sa chambre du Lion d'Or, Théodore Coupet mime diverses réactions. Bien sûr, la meilleure, la plus facile, c'est la désinvolture – lèvres closes, léger mouvement de tête, haussement d'épaules, regard blasé, geste vague, comme vous voudrez, madame ! Il fait ça parfaitement bien. On y croit absolument. C'est l'attitude qu'il adoptera quand il la croisera. Qu'une femme dans le besoin vous refuse l'aide que vous proposez de lui apporter, c'est blessant. Et l'indifférence est sans doute la réaction la plus appropriée pour masquer cette morsure qu'il sent vivement dès qu'il imagine la réponse de Mathilde des Ramures, j'ai bien réfléchi c'est insensé/inconvenant/scandaleux/immoral… Les raisons de son refus sont multiples, il les a passées en revue, à l'aube, tandis qu'il fumait à la fenêtre les yeux fixés sur les toits de Cherbourg. Il a tenté d'imiter le timbre de sa voix, je vous remercie de vous être donné cette peine, vous avez toute mon estime, c'était généreux à vous, très.

Voilà comment les choses se retournent. La veille il est rentré heureux, un peu étourdi par cette entrevue nocturne sur la plage des Mielles, c'était le vin, le cigare ou bien les vapeurs de son eau de Cologne qu'il avait humée de près tandis qu'ils se cachaient derrière la colonne mauresque des cabines de bain. Il s'est endormi immédiatement, dans un bonheur confiant, persuadé qu'elle viendrait à l'auberge, qu'elle laisserait un message, approuvant pleinement son plan, lui déléguant les pleins pouvoirs pour mettre en œuvre son idée de pari… Oui, c'est ainsi qu'il s'est formulé son accord dans ses rêves tyranniques, des rêves emplis de vaisseaux et de billets de banque noyés dans son eau de Cologne. Au réveil, il était dégrisé, on lui a apporté son café, il n'y avait pas de billet pour lui. Son rêve était encore si frais qu'il a insisté, rien, vraiment ? La patronne de l'auberge lui a fait un clin d'œil, comme une matrone chargée d'organiser les rencontres amoureuses de ses clients, non, monsieur, je m'en souviendrais si une dame était venue à cette heure matinale.

Il a remercié, a bu sa tasse devant la fenêtre ouverte sur les colonnes de cheminée qui barraient le spectacle de la rade. Pour affronter son refus, il a d'abord préparé un texte bref, a essayé quelques répliques avant d'opter pour un silence dédaigneux. Mais le silence était encore trop éloquent, on le croirait vexé, déçu. Finalement le ricanement était la meilleure réponse qu'il eût trouvée, il en avait plein en réserve, prêts à l'emploi, de ceux dont il usait fréquemment à Paris pour contrer les remarques imbéciles, des ricanements grinçants, qu'on pouvait produire sans même desserrer les lèvres. Face au miroir de sa chambre, il s'était étonné de réussir si bien, et du premier coup, comme si la raillerie était son moyen d'expression habituel, l'ironie sa langue maternelle. Elle l'était en effet, on n'est pas journaliste mondain pendant cinq ans à Paris sans mettre au point toute une artillerie de sarcasmes par nécessité, sinon par mimétisme.

Il se laisse tomber sur son lit, pense à la journée à venir qui lui semble soudain très longue. Que faire ?

Évidemment, si elle avait accepté… Le train de plaisir n'arrivera que demain matin en gare de Cherbourg. Il devra être sur le quai pour recueillir les témoignages des voyageurs, sonder leurs attentes, leurs désirs, que venez-vous chercher dans le Cotentin ? Il notera machinalement les mots qu'il devine déjà, le soleil, le jeu, la fortune, l'amour, le bon temps, c'est la même rengaine depuis toujours et les inventions de ce siècle, le chemin de fer, l'électricité, toutes les machines de l'Exposition universelle, ne changent rien aux désirs moutonniers des hommes, à leur extrême prévisibilité. Elles en hâtent simplement la réalisation, précipitent l'inévitable déception, comment ce n'était que ça, et après ?

Pas un bien sûr, en descendant de ce train de plaisir dont le nom est à lui seul une promesse, ne se doute du spectacle qui l'attend dans la rade. Ils viennent se distraire au casino et sur la plage, et on leur offre un combat grandeur nature, la guerre de Sécession sur un plateau, avec l'assurance que l'un des navires coulera « pavillon haut » ; quant à savoir lequel… Faites vos jeux, messieurs dames ! … Si seulement elle avait accepté… Il chasse cette idée d'un mouvement vague de la main. Il pourrait rester à l'hôtel, mettre de l'ordre dans ses notes, commencer à rédiger son papier. Puis envoyer un télégramme à *La Vie française*, rassurer Girardin, non, non, je ne vous oublie pas, d'ailleurs l'article est presque prêt… Mais il redoute d'entrer en contact avec le directeur du journal, au risque de dévoiler malgré lui ce qui l'occupe ici. Personne à Paris ne doit savoir ce qui se trame dans la rade de Cherbourg. Il entre dans cette réticence des considérations pragmatiques : il ne tient pas à ce que la presse parisienne débarque et lui vole son sujet, l'article qui va le propulser hors de la rubrique mondaine jusqu'au cercle prisé des journalistes politiques. Mais il s'y mêle aussi une vague superstition, la volonté de préserver un secret, comme si celui du combat naval était lié à celui de Mathilde des Ramures et qu'il avait mission de garder les deux pour lui seul. Il tire de son gilet sa montre à gousset : 9 heures… Il soupire. Il sent une démangeaison dans ses jambes, un échauffement de tout son sang qui lui donne envie de se lever, de sortir et de marcher. Mais l'article… Son regard s'échappe vers le bleu du ciel. Non, vraiment, c'est trop bête de rester chez soi avec un soleil pareil.

Théodore Coupet glisse son carnet dans la poche de sa redingote et sort de l'auberge en évitant le regard complice de la patronne. Comment a-t-il pu imaginer une seconde que Mathilde des Ramures lui laisserait un message ? D'ailleurs, il ne lui a pas dit où il était descendu, comment l'aurait-elle retrouvé ? Il se reproche sa naïveté, sans réussir à démêler ce qui le contrarie le plus : avoir imaginé qu'elle viendrait jusque-là, ou avoir négligé de lui donner son adresse. Je vais y réfléchir, ce sont ses derniers mots. Je vais y réfléchir, ça ne veut rien dire. Il avait pensé qu'elle répondrait oui, d'instinct. Quand on n'a plus d'argent, le délai de réflexion devient un luxe. Et puis, elle pourrait songer à sa fille, cette Palmyre qui doit attendre le laissez-passer maternel, le billet qui lui éviterait le scandale et le déshonneur… Il entend déjà la rumeur qui bruisse dans les salons de Paris, vous ne savez donc pas ? Les fiançailles ont été rompues, les Ramures avaient promis une dot pour la petite et ils étaient ruinés – éventails qu'on agite fébrilement, regards entendus –, le comte était joueur il paraît, pire que ça, il était piqué, un possédé – signe de croix –, et Mathilde qu'il a laissée seule à Cherbourg sans même un billet de retour !...

C'est bien triste. Surtout pour la fiancée qu'on ne remariera pas de sitôt. C'est le genre de bruit qui traverse la Seine à la vitesse de la lumière et vous exclut à jamais des salons de la rive gauche. Bien sûr, ce n'est pas son affaire. D'ailleurs il a toujours trouvé écœurantes ces alliances où se mêlent l'argent et la soif de reconnaissance. Si ça ne tenait qu'à lui... Il soupire. Si ça ne tenait qu'à lui, il se marierait sans dot, absolument, il refuserait ce marchandage ignoble, ce marché d'esclave, donne-moi ton nom, je te donnerai ma fille et cent mille francs de rente. Il l'aimerait sans argent, sans armoiries, sans blason. Palmyre des Ramures... Son prénom est plus noble que son nom, son prénom exotique aux parfums de voyage et d'Orient, Palmyre... Il l'imagine châtain comme sa mère, les mêmes cheveux épais, le front fier, les yeux clairs mais le regard moins triste, la bouche plus rose, la peau plus pâle, la taille plus fine sans doute... Elles auraient pourtant la même voix grave, les mêmes intonations, et lorsqu'il lui avouerait son amour insensé et stupide, elle répondrait sans doute, sur un même ton, je vais y réfléchir...

Le cri des mouettes le tire de ses divagations. Il s'arrête brusquement et lève les yeux. Sans même s'en rendre compte, Théodore Coupet est arrivé sur le quai. Comme toujours, ses pas le ramènent devant la rade où l'*Alabama* achève ses préparatifs. Il ne saurait expliquer pourquoi, mais la vue de ce trois-mâts destiné à sombrer le rassure. Peut-être parce qu'il a le sentiment de maîtriser parfaitement la situation. Il a deviné que le combat aurait lieu dimanche pour l'arrivée des Parisiens et il ne s'est pas trompé. Il suffit de voir les matelots se hâter sur le pont pour comprendre que le duel est imminent. Il a parié sur le sens de la mise en scène de Semmes et il a eu raison. Comme il a raison de croire en la victoire du *Kearsarge*. C'est inédit, ce sentiment de savoir quand personne ne sait. L'assurance que ça donne, le pouvoir. Mais pour quel profit ? Il est comme un homme qui a dans les mains un trésor et ignore comment s'en servir. Soudain, un gamin s'approche de lui et lui tend un billet. Il le déplie : c'est un rendez-vous, ce soir, dans les jardins du casino.

« C'est de la part de la dame qu'est sur le banc ! »

Théodore Coupet se retourne et la voit, assise à quelques mètres, le regard aimanté par la proue du navire sudiste. L'enfant ne bouge pas :

« M'sieur, pour la course… »

Le journaliste cherche dans ses poches et lui tend une pièce au hasard. Le gamin n'en revient pas, il détale en serrant son poing, de peur que l'autre ne regrette la générosité de son pourboire. Un franc, c'est ce que son père gagne à l'arsenal en un jour de travail. Que va-t-il faire d'une pareille fortune ? Il pense à des friandises, un verre de limonade, des hameçons pour la pêche, puis il se ravise et cache la pièce dans son mouchoir qu'il noue très serré. Il serait bien bête d'aller dépenser son argent quand il peut le faire fructifier. Un franc, il paraît que ça suffit pour faire fortune au casino.

19.

« Alors ? Vous avez réfléchi ? », demande-t-il en la rejoignant ce soir-là sous le chêne où elle est assise.

Théodore Coupet allume un petit cigare dont la fumée s'échappe en nuages. Mathilde secoue la tête, se penche à son oreille pour se faire entendre malgré l'orchestre qui enchaîne les valses sous le kiosque à musique :

« Au contraire… Si j'y réfléchis, j'y renonce. Parier sur la défaite de ces hommes, par pur calcul, c'est… Enfin ça me semble immoral. Mais j'ai reçu des factures ce matin… des reconnaissances de dettes… Mon mari en a laissé un peu partout avant de quitter la France. Alors, je n'ai plus réfléchi, je vous ai écrit pour vous donner ce rendez-vous. »

Elle a choisi les jardins du casino, entre les ruines et les richesses soudaines, au milieu des édifices et des éboulements. D'abord, il a été surpris. Si vite ? Et dans ce lieu… Il jette un regard circulaire sur les joueurs. Certains sont là depuis l'ouverture – on le devine à leur teint pâle, à leurs yeux fiévreux. Leurs cravates sont desserrées, des baleines d'argent s'échappent de leurs cols usés, d'un blanc douteux. Ils fouillent leurs poches d'une main nerveuse, en quête d'une dernière pièce pour recouvrer leur fortune – au moins leurs mises initiales, après, juré, ils partiront, ils rentreront chez eux, ils ne reviendront jamais. Le casino de Cherbourg est ouvert depuis trois jours et attire dans ses salons une clientèle hétérogène, des bourgeois, des notables mais aussi un peuple de parasites comme on en trouve dans les lieux d'argent et de plaisirs : des profiteurs qui prodiguent leurs conseils à de vieilles comtesses novices et empochent la moitié de leurs bénéfices, des crapules qui guettent les pièces tombées des tables, des usuriers qui reprennent votre montre en échange de quelques jetons, et même un bossu qui propose contre deux francs qu'on caresse sa protubérance porte-bonheur.

Dans le hall qu'un immense lustre éclaire, des femmes alanguies s'éventent sur des canapés aux courbes câlines qui ressemblent aux lits des grandes courtisanes. Leurs mises indiquent une certaine nonchalance que démentent leurs regards rapaces, elles guettent les chanceux, ceux qui sortent les poches pleines de billets, mille, deux mille, dix mille francs, elles se voient partir à leur bras. Ils leur offriront un bon souper, peut-être une nouvelle robe ou simplement une paire de bas, le coton est devenu si cher… Mais elles ne se font pas d'illusions, elles savent que ce sera bref et éphémère. Aucune maîtresse n'est plus impérieuse que la roulette, aucune ne peut la faire oublier. Ils finiront par revenir autour du tapis vert lâcher leurs dernières pièces sous les râteaux des croupiers, comme une offrande versée au dieu Hasard.

Mathilde des Ramures aussi les observe. Elle se demande si certaines de ces intrigantes ont guetté son mari. Si elles l'ont vu parfois à la sortie d'un casino, à Vichy, à Enghien ou à Deauville, rentrer à l'hôtel les poches pleines, les poches vides, les yeux hagards, tandis qu'elle l'attendait dans la chambre en faisant semblant de dormir. Peut-être ont-elles tenté leur chance, les nuits de fortune, quand il revenait victorieux, euphorique, étourdi de richesse et de puissance. Il paraît qu'il distribuait l'argent à pleines mains aux miséreux qui se massaient sur son passage, aux mendiants, aux gamins qui attendaient là, sans pain et sans sommeil. C'était son heure de gloire, une vieille réminiscence des temps où ses ancêtres faisaient l'aumône sur le parvis des cathédrales, dans le cloître des hôtels-Dieu, quand on avait ses pauvres comme on avait ses sujets, ses paysans, ses gens. Il y avait du sublime dans ces pièces jetées en l'air par paquets, une revanche sur ce siècle d'épargnants et de banquiers. Cette prodigalité avait fini par se savoir, si bien qu'une multitude de pauvres l'escortaient jusqu'à leur domicile. Mathilde les entendait remercier sur le perron, Dieu vous bénisse, monsieur le comte, Dieu vous le rendra. Elle gardait les yeux fermés.

Pendant toutes ces années, c'est la clameur des pauvres qui l'a avertie qu'ils étaient riches. Car il ne lui disait plus rien, échaudé qu'il était depuis cette première nuit de leur voyage de noces, où, victorieux à Biarritz, il avait jeté devant elle les billets arrachés au hasard et qu'elle l'avait accueilli avec un regard froid, blessée de cette fortune étalée sur le lit qui humiliait ses illusions de jeune mariée. Après ça, ils n'en ont plus parlé. Il rentrait tard, rejoignait sans bruit le lit conjugal, affichait au réveil une humeur toujours égale. Jamais il n'a dit mot de ses activités, de ses gains, de ses pertes, du reste, elle ne demandait rien, préférait ne pas savoir. Les années passant, la rumeur des pauvres sous ses fenêtres devenait plus rare, elle aurait dû s'en inquiéter mais Palmyre était née, elle réclamait des soins. Mathilde s'occupait de l'enfant avec un dévouement si complet qu'il ne lui restait aucune inquiétude pour l'argent qui fondait. Par ailleurs, Charles était toujours aimable, généreux, elle ne pouvait s'en plaindre. Sa situation fluctuante lui évitait l'odieuse suffisance de ceux qui ont la certitude d'avoir. Elle l'aimait aussi pour cela. Son mépris de l'argent, sa prodigalité la fascinaient, elle qui avait grandi à l'ombre d'un père taciturne et radin, ancien négociant de chapeaux qui se disait « ingénieur en chapellerie » avant d'ouvrir un établissement bancaire qui avait fait florès à Marseille. Elle savait que sa propre fortune – une dot de près de dix mille francs assortie d'un château entouré d'oliviers – n'était pas pour rien dans son mariage avec une branche prestigieuse des Ramures. Quant au chapelier, il était trop flatté de cette alliance qui laverait la tache de ses origines roturières pour s'inquiéter du vice de son gendre, pourtant incompatible avec ses principes d'épargnant. Le destin est railleur : à elle, il manquait la noblesse ; à sa fille, il manquera l'argent. À croire que les deux ingrédients nécessaires au mariage sont incompatibles et ne peuvent se trouver réunis en une même alliance.

Ils durent se résoudre à faire les comptes lorsque Palmyre commença à parler de mariage… Mais est-ce vraiment elle qui en a parlé la première, ou bien les parents du prétendant, ou encore une rumeur dans les salons de la plaine Monceau ? Mathilde n'a jamais vraiment évoqué cette alliance avec sa fille – quand l'aurait-elle fait ? Il fallait trouver de l'argent, le château était hypothéqué, les champs d'oliviers vendus, l'appartement parisien délabré, les caisses vides. Cette course à la dot avait éclipsé toute autre préoccupation, au point qu'elle n'avait pas demandé à Palmyre si la perspective de cette union la rendait heureuse. N'y avait même pas songé. Le bonheur conjugal, c'est le souci de ceux qui ont écarté les autres… Mais elle y pense à présent, en observant les hommes qui l'entourent, leurs fronts soucieux, leurs plis d'amertume, leurs regards concupiscents. À quoi ressemble le prétendant de sa fille ? Est-ce qu'il est de cette race-là ? Elle n'est même pas sûre qu'elle le reconnaîtrait s'il se trouvait parmi la foule des noctambules. Elle garde une impression confuse, plutôt désagréable, de leur rencontre, même s'il n'était pas en cause, c'était dû à ses parents, à leur courtoisie un peu mielleuse, à leur insistance pour avancer la date des noces, à son embarras à elle quand son mari avait promis cette dot exorbitante dont ils n'avaient pas le premier sou. Cette folie.

L'arrivée de Théodore Coupet la délivre de ces réflexions pénibles. Il ne vient pas pour jouer, il vient pour elle. Il n'a rien à gagner, rien à perdre, il est absolument libre au milieu du troupeau aveugle qui cherche la fortune. Il lui a offert son aide sans en attendre de profit. Ce désintéressement l'extrait du bal des rapaces, il lui octroie une sorte d'aura invisible, comme une pureté qui le sépare des calculs des hommes et l'anoblit. C'est si rare, la gratuité, dans ce siècle de négoce, plus encore en ce lieu où tout se monnaie, les rêves, l'amour, l'espoir. Tout à coup elle se sent moins seule, moins triste. Son sourire ouvre une brèche dans l'ombre épaisse de ses soucis.

« Alors, c'est oui ? »

Il l'observe attentivement, comme s'il cherchait sur son visage la défaite de ses scrupules, le combat qui a précédé leur abdication. Mais elle semble très calme, confiante. Elle ne porte plus la même robe, mais une autre plus légère, en mousseline, d'un bleu plus pâle, comme une copie décolorée de la première, moins tragique. Ses yeux aussi semblent plus clairs, ou peut-être sont-ce les lanternes des jardins, toutes ces lunes artificielles qui trouent l'obscurité et jettent une lumière crue sur son visage. Il ne reconnaît pas tout à fait la femme de son rêve. Qu'elle ait changé de robe le trouble, il voudrait retrouver l'autre version d'elle, celle qui lui parlait sur la plage dans la nuit. Sa voix plus grave, son ombrelle au manche fendu. Il cherche à humer son parfum, regrette d'avoir allumé un cigare, il ne sent rien à cause de l'odeur âcre du tabac, même en se rapprochant d'elle. L'orchestre reprend de plus belle, les croupiers crient que rien ne va plus, une femme rit aux éclats. Un couple les dépasse et la salue. Elle esquisse une révérence, monsieur le maire. Il s'approche imperceptiblement de son visage, inspire fort, toujours rien, est-ce qu'elle n'aurait plus de parfum ? Elle tourne la tête.

« Comment procéderons-nous ? »

Ce « nous » devrait le réjouir, ils sont embarqués dans une même entreprise, leurs destins encordés à la bataille américaine. Mais l'histoire tout d'un coup l'écrase de son poids grandiose, dramatique, il devine la difficulté d'y entrer sans se faire remarquer, sans compromettre le nom des Ramures, ni sa place à *La Vie française*. Surtout éviter la publicité. Elle approuve ; mais comment rester anonyme ?

« Ce n'est pas si simple… J'ai déjà vu des bookmakers en Angleterre, c'est tout un métier. Ils notent le nom des parieurs, distribuent des tickets, encaissent les mises. Ensuite il faut compter, redistribuer, sans oublier les réclamations, les imposteurs… Je ne sais pas si une telle entreprise…

— Je ne le ferai pas moi-même, bien sûr. Je connais trop de monde ici, je ne peux pas… Ce ne serait pas convenable. »

Dans cette dernière phrase, il retrouve l'inflexion qu'il aime, une sorte de fragilité, la même qu'elle avait eue le premier jour, quand elle lui avait demandé de l'aide. Il jette son cigare, écrase nerveusement son mégot, décidément il lui faut retrouver ce parfum. Il s'approche de son visage, observe le sang qui affleure sous la peau, les tempes, le cou, la gorge, les poignets, il refait du regard le voyage des veines bleues et se perd dans cette longue caresse rétinienne et silencieuse.

Soudain des cris s'échappent du casino, toutes les têtes se tournent en même temps vers le perron où surgit une servante tandis qu'à l'intérieur une voix étranglée crie au scandale et l'injurie, voleuse, sale petite dinde, elle m'a pris mes deux mille francs. Théodore Coupet reconnaît la jeune fille rencontrée sur la plage, le premier jour, la fille du forgeron de l'arsenal reconvertie en servante après la fermeture de l'usine. Zélie Tissot ne semble pas impressionnée par la foule qui la dévisage, contente même d'avoir un public si nombreux pour assister à sa sortie. L'orchestre s'est arrêté de jouer. Sur le perron comme sur une scène de théâtre, l'employée du casino lève le menton, toise l'assemblée qui se presse au pied des marches, interdite, scandalisée. Lentement Zélie détache son tablier, ôte son bonnet de coton blanc et libère une chevelure blonde épaisse qui tombe sur ses hanches. Puis elle jette par-dessus son épaule les attributs de la domesticité dans un geste crâne, avant de descendre les marches la tête haute, le regard fier. Un homme siffle, un autre crie qu'il faut aussi rendre la robe, puisqu'elle fait partie de la livrée ! Quelques rires fusent, vite modérés par les coups secs d'éventails que les femmes assènent sur leurs bras. On se récrie, que fait donc le directeur ? Appelez la police. Mais l'apparition subite de la victime, une courtisane aux jupes retroussées et aux lèvres trop rouges, décourage les apprentis justiciers. Avec ces filles-là, comment savoir qui dit vrai ?

Théodore Coupet prend la main de Mathilde des Ramures et l'entraîne vers la plage, venez, il faut la rattraper. Elle s'étonne, mais pourquoi ? Que voulez-vous faire ? Elle trébuche, ses bottines s'enfoncent dans le sable, sa crinoline tangue autour de ses jambes comme un canot chahuté par les vagues. Mais lui ne répond pas, il avance, résolu et inspiré. Sur la grève, loin des tubéreuses, des roses, des parterres trop fleuris du casino, il vient de retrouver le parfum de son eau de Cologne.

20.

Samedi 18 juin
Mexico, Palais national

Les dames d'honneur observent en silence les cercles concentriques sur le parquet, comme des ronds dans l'eau qui s'étalent sur plus d'un mètre cinquante. Jamais elles n'ont vu de crinoline aussi large. Les portes du palais de Mexico ne sont pas taillées pour des armatures pareilles. L'édifice a vu passer des uniformes, des conquistadors avides d'or, des insurgés, des Aztèques, des empereurs éphémères et des généraux intrépides. Quelques religieux sans doute, des prêtres sacrificateurs en robe de sang, des abbés aux soutanes empoussiérées, des évêques inflexibles. Mais une impératrice avec une crinoline de cette taille… Charlotte de Habsbourg leur explique que la cage en acier est faite de lames souples, très flexibles, que l'on peut rétracter pour passer les portes.

Les Mexicaines sceptiques hochent la tête en silence. Bien sûr, la mode des crinolines s'est répandue dans la bonne société de Mexico, mais jamais elles n'avaient imaginé que cet artifice puisse prendre de telles proportions… Il paraît que c'est la femme de Napoléon III, l'impératrice Eugénie, qui a répandu cette mode, à la demande de son époux. Une façon comme une autre de relancer l'industrie textile. Six mètres de tissu pour la confection d'une seule robe, ça vous galvanise la production nationale ! Sauf que l'empereur français n'avait pas anticipé la guerre américaine et la pénurie de matières premières. À présent ces volumes pompeux, ces volants, ces jupons bouffants exigent des femmes des trésors d'ingéniosité. Ou beaucoup d'argent. Bien sûr, il suffirait de revenir à des modèles plus simples, moins larges, plus ajustés à la crise actuelle. Mais on ne dégonfle pas si facilement la baudruche de la mode. Il faut croire que les femmes ont pris goût à se déplacer dans ces cages, il paraît que leurs jambes se meuvent plus facilement depuis que leur marche n'est plus entravée par la superposition de jupons. Les femmes de chambre en robe noire étroite hochent la tête. C'est curieux, tout de même, de penser que la liberté se cache parfois dans une cage de fer.

La nouvelle *Emperatriz* donne quelques ordres en espagnol au centre de la salle de billard où elle se tient, en pantalon de coton et chemise de jour, au milieu de la crinoline affaissée sur le sol. Elle enjoint l'une des femmes de lacer son corset plus fort, plus serré. Une autre fixe la cage autour de sa taille. Il faut encore passer un jupon de coton pour éviter que les cerceaux de fer ne forment un relief disgracieux, puis enfiler la robe, une robe d'un vert vif, que Charlotte a fait faire à Vienne dans un tissu identique à celui du drapeau mexicain.

« *Maravilloso* », murmure entre ses dents une demoiselle d'honneur, venue assister au lever de l'impératrice.

Charlotte ne relève pas. Elle ne se fait pas à cette familiarité qui contraste si fort avec l'étiquette de Vienne. Dès qu'elle en aura le temps, elle rédigera un nouveau protocole, inspiré par celui des cours d'Europe, pour mettre de l'ordre dans la sienne. Mais pour l'instant, elle ne se sent pas en mesure de le faire. Il lui faut d'abord imposer son autorité, restaurer son image d'*Emperatriz* pour faire oublier celle de la femme endormie sur le tapis vert d'un billard pour échapper à une invasion de punaises... Celle aussi d'une femme que son mari délaisse, ce qui, aux yeux des autochtones, est sans doute plus grave. Elle scrute autour d'elle les visages bronzés des Mexicaines. Ils s'épanouissent en de larges sourires blancs, énigmatiques, indéchiffrables.

Un homme en uniforme, aux épais favoris, pénètre dans la pièce et se courbe avec respect ; il est le grand chambellan nommé provisoirement par le général Bazaine. Il annonce avec emphase que le déjeuner est servi dans le patio, si Sa Majesté veut bien se donner la peine. « La peine », le mot est exact. Les dames d'honneur avaient raison, il n'est pas aisé de manœuvrer dans les couloirs austères du palais avec une crinoline. Ils sont si exigus que la robe frôle les murs dans un bruissement métallique qui laisse sur les peintures ocre une légère éraflure. À chaque porte, Charlotte s'inquiète de rester coincée dans l'encadrement. Elle presse de toutes ses forces la cage métallique, sent les cerceaux d'acier plier sous la pression de ses mains. Mais le volume ainsi contracté se reforme aussitôt derrière elle, il lui faut contenir de partout cette baudruche qui ne veut pas s'ajuster à l'étroitesse de l'ouverture. À chaque arrêt, le grand chambellan qui la précède se retourne, attend patiemment qu'elle parvienne à s'extraire de l'encadrement. Il salue chacune de ses délivrances d'un sourire entendu qui la met au supplice. Le trajet qui mène au patio lui semble interminable. Derrière elle, sa suite assiste au franchissement de chaque porte, comme autant d'épreuves initiatiques où l'impératrice risque de laisser plus que sa vie : sa dignité.

Une porte, deux, trois, encore une autre… Chaque fois son sang bat plus fort, son cœur s'emballe. Que se passerait-il si elle restait bloquée ? Est-ce qu'on appellerait des valets, des soldats, la garde, le général Bazaine ? Elle devine déjà la rumeur qui se répandrait dans le palais, et au-delà, derrière ces murailles, le peuple amassé sous le balcon répétant *atascada, atascada*, ça deviendrait son surnom, l'*Emperatriz atascada*, « l'Impératrice coincée », on ajouterait dans tous les sens du terme, on rirait à cause des enfants qu'elle n'a pas, de son corps toujours vierge après sept ans de mariage. Elle se figure les caricatures, les saynètes dans les auberges en fin de repas. Des hommes la singeraient, coincés entre deux tables graisseuses, un vieux tonneau caché sous leurs ponchos sales.

Mais ce qui l'angoisse davantage, c'est de songer que cette histoire finira par atteindre les rives des cours d'Europe, que son père l'apprendra, ses frères, et tous les Habsbourg, jusqu'à Napoléon qui murmurera en caressant ses fines moustaches : « Et c'est pour ça que j'ai envoyé quarante mille de mes hommes mourir au Mexique… ? » Eugénie lèvera les yeux au ciel et demandera un verre de porto. Charlotte suffoque. À la cinquième porte, elle croit entendre des sarcasmes échangés à voix basse, son visage s'empourpre, elle se retourne brusquement, les sourcils froncés. Les Mexicaines se tiennent à bonne distance de Sa Majesté, les lèvres closes, le visage avenant, l'air toujours aimable. Elles proposent leur aide. Mais Charlotte secoue la tête, *gracias*, et reprend son parcours d'obstacles le cœur serré d'une nouvelle angoisse – est-ce qu'elle deviendrait folle ?

Heureusement, les escaliers de pierre qui mènent au rez-de-chaussée sont immenses, très larges, l'impératrice les descend avec aisance, avide de trouver un peu d'air. Elle parcourt à grandes enjambées le dernier corridor, se retient pour ne pas dépasser le chambellan qui avance d'un pas régulier. Sous l'armature, ses jambes impatientes trépignent, se cognent aux cercles de fer, elle s'efforce de réguler sa respiration. Enfin, c'est une double porte qui donne sur le patio, on en a ouvert en grand les deux battants de chêne cloutés, elle passe aisément cette dernière épreuve et s'arrête net devant le spectacle d'une table dressée dans une cour fleurie, entre les cactus et les orangers, où coule une fontaine. Les domestiques en robe noire se courbent très bas. Leurs épaisses chevelures de jais sont retenues sous des bonnets de coton blanc, leurs tabliers sont impeccables, leurs sourires francs. Immédiatement, les angoisses se dissipent, l'impératrice s'assoit en souriant, demande qu'on lui présente les mets disposés sur la table, sont-ce des spécialités du pays, je veux dire de mon empire ?

Le café est exquis, très corsé, les galettes de maïs se tartinent de confiture de goyave, de sirop de fleur d'oranger. Des oiseaux aux plumages bariolés se cachent dans les branches de cyprès immenses dont les sommets s'échappent par le toit d'azur. On n'entend rien d'autre que leurs piaillements réguliers, le chant de la fontaine parmi les branches. Les rumeurs de la ville sont loin, inaudibles, il ne reste rien de ce qui l'effrayait hier, le peuple, les soldats, les armes, la poussière des routes ont disparu, relégués à distance des murs du palais. Elle ferme les yeux, elle est prise d'une grande fatigue soudain, comme un contrecoup de cette nuit atroce. Il lui apparaît que ce jardin est la récompense de son parcours accidenté, un éden situé non pas avant la chute, mais au terme de celle-ci. Sa confiance revient, enfin, tout va pouvoir commencer – et à cette pensée, elle est presque heureuse. Dans son délassement, ses bras s'affaissent, sa main s'ouvre et une petite cuillère d'argent tombe contre les tasses de porcelaine, acheminées expressément d'Autriche où on les a ornées des chiffres de Ses Majestés, *M* et *C*, Maximilien et Charlotte. L'impératrice s'extrait de sa brève béatitude. Où est Maximilien ? Elle se tourne vers le chambellan, *donde esta el Emperador ?* L'homme regarde au loin, annonce d'une voix égale que Sa Majesté est partie se promener… il hésite… à la campagne. Visiter les environs. Charlotte fronce les sourcils : *Solo ?* Non, bien sûr. Trop dangereux, *peligroso*, précise le chambellan. Il est accompagné du général Bazaine, et de quatre soldats de la garde. Il a emporté son filet à papillons.

Charlotte s'efforce de sourire, comme si cette escapade matinale lui était connue. Elle se touche le front du bout des doigts, bien sûr, il m'en a parlé hier. Le chambellan est-il dupe ? Il propose à l'*Emperatriz* de passer en revue son emploi du temps de la journée. Elle acquiesce. Mais tandis que l'homme aux favoris débite l'ordre des audiences à venir, elle garde les yeux fixement posés sur la tasse de porcelaine viennoise. *M* et *C*, longtemps le monogramme enlacé lui est apparu comme une invitation à s'unir, puis comme un ordre, une injonction violente. Maintenant c'est un remords, une douleur familière.

21.

La nuit suivante
Cherbourg

Mathilde des Ramures dispose sur le bureau un service dont le monogramme n'est pas le sien. Théodore Coupet regarde fixement les deux tasses. Elle devine son interrogation muette : Chez qui sommes-nous ?

« Cet appartement appartient à des amis, le comte et la comtesse de V… Ils m'ont laissé les clefs, pour accompagner mon mari au départ de son navire pour Veracruz.

— Et vous êtes restée…

— Je n'avais pas le choix. »

Elle secoue la tête, comme pour dissiper les images qui doivent lui venir.

« Je sais ce que tout le monde pense. Qu'il ne me reste même pas de quoi acheter un billet pour rentrer à Paris. Mais c'est faux. Si je ne suis pas rentrée, c'est que je ne voulais pas revoir ma fille, ni la famille de son fiancé. Pas avant d'avoir réuni le montant de la dot.

— Vous n'avez pas à vous justifier… »

Elle se lève, apporte la bouilloire, lui verse une tasse de thé, si naturellement qu'il la regarde, surpris par leur intimité qui se manifeste à leur insu, dans ses moindres gestes.

« Et d'ailleurs, ajoute-t-elle, j'aime être ici. Cette ville, ce port, les falaises… Si je le pouvais, je resterais toujours… Attendez ! »

Mathilde se dirige vers les lourds rideaux de velours qu'elle écarte d'un mouvement sec puis ouvre la fenêtre. Un air frais chargé des parfums du port pénètre dans la pièce. La rumeur de la ville glisse sous les tilleuls de la promenade. Au loin, la mer roule ses ombres.

« Venez voir ! », dit-elle en s'avançant sur le petit balcon, à peine assez large pour que l'on y tienne à deux.

Il la rejoint, s'installe à côté d'elle, dans les effluves de son parfum. Il devine sous sa robe les cerceaux d'acier qui se gondolent, sent à travers son pantalon le métal flexible qui épouse la courbure de sa jambe. Il appuie ses avant-bras sur la rambarde de fer forgé. Des lumières trouent l'obscurité, les signaux qui bornent l'entrée de la rade, les lanternes des bateaux de pêche qui quittent le port, les réverbères du quai. On aperçoit au loin la silhouette de l'*Alabama* dont les voiles découpent de grands carrés blancs dans le dais noir du ciel.

« Vous voyez ? Il est prêt, dit-il en désignant le navire. Ce sera pour demain. »

Elle hoche la tête, muette. Un frisson parcourt ses épaules.

« À quoi pensez-vous ?

— À ces hommes dans leurs hamacs. Ce doit être terrible de mourir noyé, de n'avoir pas même une sépulture. »

Est-ce qu'elle regrette leur pari ? Il regarde sa main qui tremble un peu sur la rambarde, un instant il est tenté d'y poser la sienne mais ce geste lui semble déplacé, il risquerait de briser la parfaite harmonie de ce moment, leurs deux corps sur le même balcon, leurs regards aimantés au même navire. Soudain, elle détourne les yeux et rentre dans le salon en déclarant doucement :

« Venez, mettons-nous au travail, ou bien nous ne serons jamais prêts à l'aube. »

Sur la plage des Mielles, ils ont réussi à convaincre Zélie Tissot de se joindre à leur entreprise pour récolter les mises des parieurs. L'ancienne ouvrière s'est d'abord montrée méfiante, elle venait de quitter le service du casino où des bourgeois l'exploitaient, ce n'était pas pour servir d'agent à un couple d'intrigants en goguette. Mais les arguments du journaliste, associés à la promesse de toucher dix pour cent de la fortune amassée, ont fini par la convaincre. Après tout, que risquait-elle ? Une rouste de son père qui considérerait qu'elle déshonorait la famille ? Bah, ça faisait longtemps qu'elle s'était habituée à ce genre de chanson ! Déjà quand il l'avait surprise à douze ans embrassant un mousse derrière un hangar de l'arsenal, elle avait tâté de sa ceinture. Même rengaine quand elle avait déclaré qu'elle travaillerait pour le casino. Le forgeron n'avait jamais envisagé pour ses filles d'autres places que celles qu'offrait l'usine textile, misant sur la fatigue physique du travail pour les dissuader de chercher un homme. Mais était-ce sa faute, hein, si l'usine avait fermé ? Zélie avait fini par serrer la main que lui tendait le journaliste, affaire conclue, mais n'essayez pas de me blouser, d'accord ? La femme s'était engagée à lui verser sa part, parole d'honneur, mais cette dernière expression avait fait rire l'ouvrière : l'honneur, elle savait ce que ça voulait dire chez les bourgeois – c'était juste un prétexte pour faire trimer les autres à leur place.

Mathilde et Théodore lui ont donné rendez-vous le lendemain, sur le quai de Paris, à 6 heures. Il leur en reste sept à présent pour préparer les tickets, organiser la quête, avant que le train de plaisir arrive de Paris. Mathilde des Ramures a proposé de s'y employer dans son salon, elle a ajouté « Nous y serons tranquilles, les domestiques sont partis », puis, consciente de l'équivoque d'une pareille précision, elle n'a plus rien dit tandis qu'il la suivait jusque chez elle, avenue de Paris.

Elle s'installe devant un secrétaire en acajou, tire de grandes feuilles blanches d'un tiroir, ouvre son encrier, trempe sa plume. Il se penche par-dessus son épaule, admire sa calligraphie tandis qu'elle trace soigneusement les lettres qui composent le nom de l'*Alabama*.

« Combien de billets ?

— Voyons… Il y aura environ douze mille badauds. Pour l'*Alabama*… prévoyez dix mille billets. Pour le *Kearsarge* cinq mille, pas davantage. »

Elle lève la tête vers lui.

« Vous êtes bien sûr de vous…

— Les Cherbourgeois parieront pour le Sud et ils convaincront les Parisiens de faire de même. Si on a quoi, mille, deux mille mises sur le *Kearsarge*, ce sera bien le diable. Le combat se déroulerait à Bordeaux ou à Nantes, il en irait autrement. Ce sont des ports de commerce, tournés vers l'avenir. Mais Cherbourg est un port trop ancien, un port de guerre dont l'activité est entièrement liée à l'arsenal et à la marine. C'est une ville de garnison qui partage les valeurs du Vieux Sud… Et d'ailleurs, ajoute-t-il en se resservant une tasse de thé, n'oubliez pas que c'est un port qui a vu passer l'Empereur.

— Napoléon III ? Je m'en souviens… C'était en 1858 pour l'inauguration du chemin de fer. »

Il secoue la tête.

« Je ne parlais pas de Napoléon III mais de l'autre ! L'oncle dont on a débarqué les cendres ici même, au retour de Sainte-Hélène. Savez-vous que la ville a failli s'appeler Napoléonsbourg ? »

Elle secoue la tête. Il explique : la ville est depuis longtemps le passage obligé des vaincus. Louis XVI y a effectué la seule visite de son règne, Charles X s'y est enfui à sa chute… On ne voit pas ainsi l'histoire défiler en cortège sans y contracter le goût des causes perdues.

« C'est pourquoi ils parieront tous sur l'*Alabama*, vous verrez ! Ils aiment trop l'héroïsme…

— De l'héroïsme, répète-t-elle, songeuse. Le *Kearsarge* ne doit pourtant pas en manquer pour avoir osé défier l'*Alabama*.

— Évidemment ! Mais il est tout neuf. Semmes a navigué, il s'est battu. Il est "le Lion des mers", l'exilé sublime, le héros martyr ! C'est ce que les gens réclament dans un spectacle comme celui-ci. Vous n'avez rien d'autre que du thé ? »

Elle répond sans même se retourner :

« Une bouteille de brandy, dans l'office. »

Elle a un geste vague par-dessus son épaule en direction du couloir. Il quitte le salon tandis qu'elle continue d'écrire.

« Je pars à sa recherche ! »

Elle ne répond pas, s'abîme dans son travail avec la concentration d'un scribe. *Alabama, trente-cinq*, *Alabama, trente-six*, *Alabama, trente-sept*… Le corridor dessert plusieurs pièces que des portes entrouvertes permettent d'apercevoir. Théodore s'arrête, jette un œil dans l'embrasure. Un salon… une bibliothèque… un bureau… une chambre.

Il s'immobilise, pousse doucement la porte et aperçoit, jetée à califourchon sur l'arête d'un paravent, la robe bleu nuit de leur rencontre. Il retient son souffle, tend l'oreille. Au bout du couloir, la plume gratte le papier et tinte régulièrement contre la porcelaine de l'encrier. *Alabama, cinquante-deux*, *Alabama, cinquante-trois*… Il pénètre dans la pièce. Des malles ouvertes, des livres, des partitions gisent au sol dans un grand désordre. Sur une cheminée de marbre, des tasses sont empilées entre des cadres, un flacon de parfum et une petite bible reliée en maroquin. Le parquet grince. Il manque de renverser une statuette, rattrape l'objet de justesse. Il relève les yeux. Le lit est défait, un chat s'y prélasse au milieu de draps rayés d'amarante. Il aperçoit entre les plis un cahier plein de calculs compliqués, des enveloppes décachetées, des lettres… Celles de son mari ? Il se souvient de la curiosité qui le tenaillait, ce désir de les lire qui l'avait saisi sur la plage des Mielles. Il pourrait le faire à présent, elle n'en saurait rien. Mais il s'effraie de troubler l'harmonie parfaite de cette nuit par un geste sacrilège qui en gâcherait la beauté miraculeuse, cette joie très pure qu'il n'a pas éprouvée depuis longtemps, depuis l'enfance peut-être.

Alabama, soixante-douze. Il avance vers la robe d'un pas très lent, comme il remonterait la nef d'une église, le cœur battant. Au mur, des portraits d'ancêtres en perruque poudrée observent d'un œil sévère sa procession profane. *Alabama, quatre-vingt*. Soudain, elle est devant lui, inerte, pendante, offerte sur des panneaux de bois vieillis où sont peints des palmiers, des fruits, des singes. Débarrassée de sa crinoline, elle a perdu de son ampleur, il la reconnaît à peine, comme si elle avait rendu son dernier souffle et s'était affaissée sur elle-même. C'est pourtant bien elle avec ses reflets moirés, ses petits boutons de nacre, ses manches étroites. Il caresse doucement l'étoffe puis, cédant à une impulsion soudaine, y enfouit son visage et retrouve son vrai parfum, l'eau de Cologne mêlée à sa sueur, à la poudre de riz, à l'odeur de sa peau.

« Vous avez trouvé ? »

La voix, à l'extrémité du couloir, l'arrache à sa béatitude. Il quitte la chambre précipitamment, louvoie entre les piles de livres, manque d'ébranler leur équilibre fragile. Le chat saute du lit et l'accompagne vers l'office sans jamais le dépasser, comme le ferait un valet de pied obséquieux. Sur une étagère encombrée, il saisit d'une main ferme la bouteille de brandy et des verres de cristal. Lorsqu'il revient dans le salon, elle demande sans se retourner, toujours concentrée sur son travail, vous vous étiez perdu ? Puis, comme le chat miaule, tiens vous avez trouvé Mitsy.

Le brandy est bon, il le goûte tandis qu'elle compte à voix haute *Alabama, cinq cent douze*, *Alabama, cinq cent treize*, *Alabama, cinq cent quatorze*… Elle laisse tomber sa plume et lève vers lui un regard interrogateur, dix mille, vous êtes sûr ? Oui, il est sûr, il ne faut pas s'arrêter, ils ont toute la nuit mais rien qu'elle avant que le navire confédéré ne se réveille et ne sorte de la rade. Il jette un œil vers la mer, comme pour s'assurer que la corvette est toujours là. Qu'elle les attend. Il avale une lampée d'alcool, entreprend de découper les billets puis de les réunir par paquets de cent, mais le travail est immense, des gouttes de sueur perlent sur son visage, il n'imaginait pas que ce serait aussi long, aussi considérable de parier sur un naufrage. Il faudrait aussi un cahier pour faire les calculs, des paniers pour recueillir les pièces, des coffres fermés à clef pour les mettre à l'abri. Elle hoche la tête sans interrompre son travail d'écriture, elle a tout ce qu'il demande. On aura besoin d'une dague, aussi. Elle se retourne, étonnée, une dague ?

« Oui, en cas de querelle. Les jeux d'argent, ça rend les gens nerveux, vous savez. »

La nuit s'épaissit, il doit être près de 3 heures. *Alabama, neuf mille trois, Alabama, neuf mille quatre.* Ils ne parlent plus depuis longtemps, chacun est concentré sur sa tâche tandis que leurs pensées se rejoignent sur les rives du Nouveau Monde, l'Amérique, le Mexique où roulent des balles de coton imaginaires. Ils sont seuls, tous les deux, mais des fantômes peuplent le grand salon silencieux, ceux des marins qui vont mourir, celui du mari sanglé dans son uniforme français, ceux des Parisiens qui sommeillent dans le train de plaisir, en route vers la naumachie normande. Mathilde des Ramures imagine ces dames endormies dans l'inconfort de leurs crinolines, les rêves pleins de ces affiches publicitaires de la Compagnie de l'Ouest sur lesquelles des femmes légères regardent le rivage tandis que des marins moustachus leur débitent des galanteries – *Cherbourg la reine du Cotentin : sa plage, son casino moderne, son climat idéal.* Elle n'a pas hâte de les voir envahir les quais, ni la montagne du Roule avec leurs bottines à la mode, leurs éventails, leurs chapeaux enrubannés. Leur arrogance. Plus jeune, elle a souffert de leur mépris, elle avait épousé un Ramures mais n'était qu'une roturière, il faudrait deux générations, au moins, pour laver ces origines. Elle voudrait les tenir à l'écart de cette pointe du Cotentin où elle a trouvé refuge. Les renvoyer vers Deauville ou Houlgate, qui sont plus belles, plus riantes, plus aristocratiques : des villes nées avec la mode des bains de mer, des pures, vierges de tout autre labeur. Cherbourg est comme elle : elle aura beau se parer des oripeaux du divertissement, la ville demeurera un port militaire, avec son arsenal et ses mœurs un peu rudes. Quoi que prétendent les réclames touristiques, le travail pointera toujours derrière la fête. Il n'est pas de noceur qui, en rentrant à l'aube, ne croisera les ouvriers de l'arsenal, des marins en manœuvre, des filles à soldats. Mathilde des Ramures connaît ça : l'aurore vous rappelle toujours vos origines, vous renvoie inéluctablement à votre roture. Cherbourg, un jour, redeviendra ce qu'elle n'a jamais cessé d'être : une ville de garnison qui s'est, un temps, déguisée en cocotte pour obéir aux injonctions de la fête impériale.

Alabama, neuf mille neuf cent quatre-vingt-dix-neuf, Alabama, dix mille. Elle a fini. Mathilde des Ramures soupire, laisse tomber sa plume et masse un instant son poignet endolori. Elle se retourne vers Théodore. Dans son fauteuil, au milieu des billets de loterie, le journaliste s'est endormi. Elle saisit la lampe à huile et se dirige lentement vers la silhouette assoupie. Avec précaution, elle s'agenouille devant lui, dépose la lampe sur le tapis. C'est étrange comme ses traits sont changés par le sommeil, comme ils se sont attendris. Les paupières closes, il paraît dix ans de moins, un homme à peine sorti de l'adolescence que la vie n'aurait pas encore bronzé. Elle ôte doucement de sa main le coupe-papier dont la pointe est tournée vers son cœur dans un geste involontairement dramatique. Puis elle lève les yeux vers la rade : l'aurore blanchit l'horizon. L'*Alabama* allume ses feux. Il commence à virer. Il est 4 h 30 du matin.

22.

Dimanche 19 juin, 5 heures
Gare de Cherbourg

Décidément, le réveil est difficile. Les Parisiens qui sortent du train de plaisir à l'aube ont les yeux encore bouffis de sommeil, leurs mines sont chiffonnées, leurs vêtements froissés, leurs guêtres plissées autour de la cheville comme des vis de pressoir. D'une démarche vacillante, ils descendent le marchepied du wagon en somnambules. Les femmes relèvent leurs robes, ajustent leurs chapeaux, jettent négligemment un châle sur leurs épaules. Il fait encore frais dans la gare de Cherbourg où souffle une brise légère, mais déjà les grandes marquises laissent voir un pan de ciel bleu où pâlissent les dernières étoiles.

Théodore Coupet observe le spectacle d'un œil attentif. Il reconnaît quelques visages, des grands noms de la banque et du commerce croisés dans les soirées parisiennes. Mais ce qui l'intéresse davantage, c'est la sortie des voitures de troisième classe où s'entassent les grisettes, les employés des grands magasins, des palaces, des restaurants, des spectacles, tous les besogneux de la fête impériale qui viennent réclamer le dimanche leur part du gâteau. Ils sont gris encore de la poussière qui vole dans Paris depuis que le préfet Haussmann a résolu d'en faire la plus belle ville du monde, courbaturés des heures passées derrière les comptoirs du Bon Marché ou du bouillon Duval, le dos cassé, les reins brisés, les jambes usées des sept étages qui mènent à leurs chambres sous les toits – étuves l'été, glacières l'hiver. Qu'importe ! Il leur a suffi de monter dans le train de plaisir affrété par la Compagnie de l'Ouest pour que la fête commence ! Dans leurs voitures, entassés sur des banquettes de bois, ils ont chanté, ils ont bu, ils ont porté des toasts aux chemins de fer, au progrès, à la France, célébrant dans leurs chansons la joie de quitter Paris et la certitude d'y revenir – car on a beau dire, on ne pourrait pas vivre loin de la capitale. Certains étaient silencieux pourtant, ils prenaient le train pour la première fois et leurs museaux épatés sur les vitres s'étonnaient de la diversité des paysages, prairies, champs, forêts, villages, coteaux, cette succession de tableaux inédits qui se présentaient à eux comme les images des lanternes magiques les jours de foire. Cependant, la nuit était tombée comme le rideau sur la scène d'un spectacle trop changeant et ils s'étaient endormis en rêvant à la mer qu'ils verraient au réveil, tandis que des bonimenteurs courtisaient à voix basse leurs voisines dans le noir.

Théodore Coupet se dirige vers eux pour recueillir leurs impressions. Il sait que les témoignages seront plus faciles de ce côté, plus pittoresques aussi. Les bourgeois ont déjà vu la mer, ils ont découvert la Côte Fleurie avant même le chemin de fer et, en enfants gâtés de la fortune, affectent de porter sur les divertissements normands un regard désabusé. Celui que leur réserve la rade de Cherbourg n'est pourtant pas de ceux qu'on donne à Deauville, il sera grandiose et inédit – c'est du moins ce que proclame un vendeur de journaux à la criée en brandissant sur le quai la dernière édition de *La Vigie de Cherbourg* et du *Phare de la Manche*. Car si Paris ignore tout du combat qui se prépare, la presse locale, elle, fait de la bataille navale un titre à la une. Les bourgeois qui remontent le quai s'arrêtent, hèlent le gamin, achètent un journal et rejoignent leurs femmes en lisant à la hâte les premières lignes, tiens, tiens, la guerre de Sécession en Normandie… Ils lissent leurs moustaches d'un air de satisfaction, hum… Finalement, cette excursion voulue par leurs épouses, à l'heure où ils auraient préféré se retrouver au Jockey Club pour parler de la crise mexicaine et de la hausse du cours du coton, se révèle plus intéressante que prévu. Fort heureusement, Théodore Coupet ne reconnaît aucun confrère parmi les voyageurs, il sera le seul journaliste parisien sur le coup, et cette pensée le remplit d'une confiance immodérée en l'avenir. Sa carrière va prendre une nouvelle tournure. Mais en attendant, il doit envoyer au patron de *La Vie française* un papier sur l'arrivée du train de plaisir.

Il saisit quelques impressions, une blanchisseuse qui verra la mer pour la première fois, un boutiquier et sa famille en goguette, un peintre attiré par les lumières de la côte. Une fleuriste de la Butte-aux-Cailles, très excitée, déclare venir s'en mettre plein les mirettes. Le valet d'un ministre avoue qu'il compte jouer sa paie au casino pour quitter enfin son état de servitude et s'offrir un cheval de course. Coupet note ces déclarations machinalement. Bien sûr, il aurait pu commencer à prendre les paris dès ce matin, sur le quai de la gare. Mathilde des Ramures en a émis l'idée, la veille, tandis qu'ils arrangeaient les modalités de leur entreprise. Mais il l'en a dissuadée, les

Parisiens ne connaissent pas les enjeux de la bataille, il aurait fallu tout raconter, la guerre de Sécession, l'arrivée de l'*Alabama*, le défi du *Kearsarge*, les prisonniers, les préparatifs, le trésor du capitaine… Un bookmaker n'est pas un conteur : il doit encaisser les mises sans influencer les joueurs par ses récits. Coupet redoutait surtout que les paris ne se portent sur le navire de l'Union : les Parisiens, plus au fait de l'actualité, savent que les États confédérés sont condamnés. Ils ont lu les journaux, et peut-être même *La Case de l'oncle Tom*, ce roman à succès qui décrit les conditions effroyables de l'esclavage. Leur humanisme, ou à défaut leur pragmatisme, leur ferait choisir le Nord à tous les coups. Il vaut mieux attendre que les touristes se mêlent aux Cherbourgeois, qu'ils les écoutent leur raconter l'épopée du Lion des mers, l'héroïsme de Semmes, sa collection de chronomètres, et la visite de l'Alabama, si vous aviez vu ça, des officiers polis comme des gentilshommes français, parfaitement, monsieur! Coupet mise sur le conformisme de la foule, son instinct grégaire. Parisiens, Normands, bourgeois, commerçants, ouvriers : ils parieront comme un seul homme sur la victoire du confédéré. Mathilde des Ramures aura sa dot, et Palmyre pourra se marier…

À cette pensée, une douleur brève, vive comme une flèche, lui traverse le cœur. Il n'est pas si pressé que l'aventure s'achève, ni de rentrer à Paris. Il resterait bien encore un peu dans la douceur du salon où il a passé la nuit, entêté de brandy et d'eau de Cologne. Il se souvient de l'aveu de Mathilde, hier, tandis qu'elle lui servait le thé, de sa voix grave lorsqu'elle a prononcé ces mots : « Si je le pouvais, je resterais toujours. » Il demeure un instant rêveur sur le quai que la foule a déserté. Le chef de gare s'approche, il vérifie l'état de la locomotive, les crochets d'attelage des wagons qui formeront le convoi du soir. Celui qui doit le ramener à Paris. Théodore Coupet soupire… Déjà? Toutes ses tristesses lui reviennent, toutes ses désillusions, la monotonie de sa vie. L'idée du vide qui l'accueillera à Paris, dans son deux-pièces de la rue Soufflot, lui saute au cœur et lui semble soudain intolérable. Le vendeur de journaux le dépasse en faisant rebondir dans sa main une pièce d'argent. Une gamine qui transporte des narcisses dans une grosse brouette s'arrête à sa hauteur. Elle lui tend un bouquet.

« Monsieur, des fleurs pour le plaisir d'offrir ? »

Il sursaute. Dans sa surprise, il croit qu'elle les lui donne, pour le consoler de perdre bientôt ce qu'il n'a jamais possédé. Il s'en émeut, il a donc l'air si pitoyable ? Il la dévisage. C'est une enfant de huit ans, pas davantage, avec de grands yeux bleus et des joues roses. Elle tend sa main.

« C'est un franc, m'sieur ! »

Un franc, bien sûr ! Confus de sa méprise, il fouille dans sa poche nerveusement, la paie et s'éloigne d'un pas pressé.

Il ne sait plus quoi faire du bouquet qui l'encombre, de ces narcisses jaunes qui font sur sa poitrine une grosse tache de soleil. Il lui semble qu'on le dévisage, qu'on murmure sur son passage, on doit voir en lui un fiancé, un amant pressé, et cette pensée l'humilie et l'exaspère, il voudrait jeter le bouquet à la tête des badauds. Un amant ! S'ils savaient… Mais ils ne savent rien et lui poursuit son chemin vers le quai de Paris où ils ont rendez-vous, où elle doit le rejoindre avec le cahier, les tickets, les paniers et les coffres. En un éclair, il devine la méprise, elle va croire que ces fleurs sont pour elle, ce sera atroce de lui dire que non, de lui dire que oui, dans les deux cas il sera horriblement embarrassé. Alors qu'il gagne le quai, il jette le bouquet par-dessus bord ; les fleurs tombent lentement dans la mer où elles flottent, leurs corolles inutiles tournées vers le ciel.

23.

Le même dimanche, minuit
Mexico

Les narcisses ne poussent pas au Mexique. Mais Maximilien a trouvé d'autres espèces, autrement exotiques. Il est rentré avec des fleurs, des feuilles, des papillons, toute une collection botanique à mettre sous presse, des espèces pour son cabinet de curiosités. Charlotte lui en veut de l'avoir laissée seule en ce premier jour de règne, dans ce palais austère, avec ces dames d'honneur si difficiles à comprendre. Elle a reçu des délégations de Mexico – les couturières, les blanchisseuses, les fleuristes –, rédigé un début de protocole, ordonné quelques aménagements, fixé un calendrier pour les jours à venir – des visites, des réceptions, un bal pour les officiers français qui ont le mal du pays. Elle a manifesté dans ses paroles une assurance impériale, assez d'intérêt, beaucoup de retenue. Quand elle voit Maximilien rentrer au palais suivi d'une délégation de militaires transformés en botanistes, elle lui en veut mais elle ne dit rien car elle est soulagée. Toute la journée, elle a été assaillie d'angoisses, de visions effrayantes. Elle l'imaginait pris dans une embuscade, entouré de guérilleros armés de couteaux, de fusils. Ou bien saisi de vertiges, de fièvre, le visage jaune, crachant dans les cactus une bile noire comme du goudron, le *vomito negro*. Or il revient le teint frais, la démarche assurée, à peine fatigué de son excursion, heureux de ses découvertes, la végétation est prodigieuse par ici. Il a surtout une grande nouvelle pour elle : ils vont déménager. Dès demain.

Il est allé visiter la citadelle de Chapultepec, située sur une colline à l'ouest de la ville, un palais du XVIIIe siècle transformé en collège militaire et vidé de ses élèves depuis près de deux ans. C'est moins grand que le Palais national, moins vétuste, plus propice à la vie privée. Ils y seront parfaitement bien. D'ailleurs ils ne peuvent rester plus longtemps dans un château envahi de punaises, deux nuits sur le billard suffisent, trois seraient excessives, elle y compromettrait sa dignité d'*Emperatriz*. Charlotte hoche la tête mais s'inquiète de cette nouvelle lubie. Elle hait ce palais qui ressemble plus à une caserne militaire qu'à une résidence impériale, elle devrait se réjouir de le quitter. Mais l'idée de s'éloigner du centre de Mexico l'effraie. Elle se souvient de ce que lui disait sa grand-mère française, l'ex-reine Marie-Amélie : Versailles a été le péché originel de la monarchie française, le début de la fin. À s'éloigner du centre névralgique de la France, le roi s'est isolé, laissant toute la place aux préparatifs parisiens d'une inévitable révolution. Marie-Antoinette en a rajouté avec sa retraite au Trianon, qui a encore creusé la distance avec la cour. Charlotte a retenu la leçon : l'éloignement est interdit aux souverains, ils doivent tenir leur place au centre. Y compris quand c'est celui d'une cible.

Cette image la poursuit tandis qu'elle demeure les yeux fixés sur le plafond, allongée sur le tapis vert du billard. La fenêtre est restée ouverte pour rafraîchir la pièce. Mais c'est un air chaud qui pénètre dans la salle, chargé des rumeurs de la ville : cris, pas des mulets, guitares des mariachis, coups de fusil. Elle entend la respiration bruyante de ses dames d'honneur assoupies sur les fauteuils, enroulées dans leurs châles de couleurs vives. Les malles, à peine ouvertes, sont déjà refermées, prêtes à repartir. Chapultepec. Maximilien a tout prévu, il a dessiné quelques plans, envisage un décor de soie rouge, comme celui de leur château de Miramare. L'Italie au cœur du Mexique. Charlotte aimerait se retourner sur sa couche mais c'est impossible, le billard grince, les dames d'honneur se réveilleraient, or elle a besoin d'être seule pour réfléchir. Pour se cogner à ses pensées et à ses peurs. Elle garde son regard fixé sur le plafond, elle répète ce mot difficile, *Chapultepec. Cha-pul-te-pec.* Elle sait que la citadelle est une place forte de défense de la ville, qu'elle a été la cible privilégiée des Américains lors de la dernière guerre. Qui prend Chapultepec prend Mexico. La cible, encore.

Elle se dit qu'il va falloir apprendre à vivre avec tous ces fantômes, les morts de la bataille de Chapultepec, les Mexicains bombardés par les hommes du général Winfield Scott, les cadets de l'Académie militaire sous les feux de l'artillerie américaine, et puis cette débandade vers Mexico, quand le général Nicolás Bravo a ordonné la retraite, tous les soldats qui ont préféré se jeter des murailles de la citadelle, à soixante mètres de hauteur, plutôt que de se rendre. On dit que le général mexicain, en assistant à cette retraite effrénée, se serait exclamé *Dios es uno Yankee!* « Dieu est un Yankee » ? Sa grand-mère la reine Marie-Amélie disait que Dieu était français, son père qu'Il était belge, son beau-frère autrichien. Personne n'a jamais dit qu'Il était mexicain. Personne, et surtout pas les six cadets de l'Académie militaire, dont certains n'avaient pas treize ans, qui ont refusé de se rendre et se sont battus jusqu'à la mort contre les hommes de Jackson et de Robert Lee. Ils sont les cadets héroïques, *los niños héroes*, Juan de la Barrera, Francisco Márquez, Agustín Melgar, Fernando Montes de Oca, Vicente Suárez, et Juan Escutia, le dernier d'entre eux, qui s'est enroulé dans le drapeau mexicain avant de se jeter dans le vide. Il avait quinze ans et venait d'être admis à l'Académie militaire.

Quand elle ferme les yeux Charlotte revoit la mauvaise représentation que sa dame d'honneur lui a montrée au souper, une petite image qu'elle garde dans sa bible, comme une gravure pieuse, où l'enfant emmailloté dans l'étendard s'écrase au pied de la colline, *pobre niño, eh ?* Elle a hoché la tête, n'a plus rien osé dire, le poulet était servi mais elle ne pouvait rien avaler. Elle a su immédiatement que l'enfant la poursuivrait dans la citadelle de Chapultepec, qu'elle y serait partout escortée des cadets héroïques, leurs fantômes plus présents, plus fidèles que les fils qu'elle n'aura jamais. Comment pourrait-elle se promener le soir sur les terrasses qui dominent la ville sans y deviner les traces sanglantes de leur sacrifice ?

Dieu est un Yankee, cette affirmation traverse son esprit, se cogne à ses résistances, comme une bille d'ivoire qui viendrait buter contre les bandes de la table de billard sur laquelle elle est allongée. La bille prend de la vitesse quand Charlotte songe aux Américains catholiques qui ont déserté leur armée pour rejoindre celle du Mexique. À tous ces Irlandais, Allemands, Français réunis au sein du bataillon de Saint Patrick qui ont retourné leurs armes contre leurs compatriotes. Certes, les *San Patricios* ne manquaient pas d'allure dans leurs uniformes bleu turquoise aux revers jaunes, aux parements cramoisis. Ils n'ont pas manqué de courage non plus, lorsqu'ils se sont battus seuls, au corps à corps, à Cerro Gordo tandis que les unités mexicaines fuyaient la bataille. Mais ils ont manqué de souffle lorsque le général Winfield Scott les a fait pendre en masse pour trahison, à l'issue de la bataille de Chapultepec, au moment précis où la bannière étoilée remplaçait l'étendard du Mexique au-dessus de la citadelle assiégée.

Ce sont d'autres fantômes avec lesquels il lui faudra vivre, ces trente pendus de la colline, ces catholiques qui avaient abandonné leur pays natal et ont été trahis par leur terre d'adoption. Son sang se fige. Charlotte répète lentement cette dernière phrase : *Ces catholiques qui avaient abandonné leur pays natal et ont été trahis par leur terre d'adoption.* Est-ce que ce sera leur destin ? Soudain ce n'est plus un constat, c'est une prophétie. Elle tente de réguler sa respiration, son cœur qui s'emballe, la peur qui l'assiège. La bille d'ivoire poursuit sa course sur le tapis vert de ses angoisses, elle accélère, prend de la vitesse. De fait les Américains ont tout raflé en moins de deux ans, le Texas, la Californie, l'Arizona, le Nouveau-Mexique… *Dieu est un Yankee.* Serait-ce donc vrai ? Non, c'est impossible. La guerre qui ravage l'Amérique depuis trois ans prouve le contraire. Guerre civile, guerre fratricide, Abel contre Caïn. Elle est le coup d'arrêt porté à cet expansionnisme sauvage, le châtiment infligé à son irrésistible goût de la conquête. Charlotte pense à la sécession des États du Sud, aux batailles sanglantes dont elle lit, effarée, les bilans sanguinaires, Gettysburg, Vicksburg… Son oncle, le prince de Joinville, ainsi que ses cousins français se sont engagés du côté du Nord dans l'armée du Potomac. Ses amis l'empereur Napoléon III et Eugénie soutiennent les confédérés. Elle se trouve au centre de ce jeu, prise en tenailles entre des intérêts contraires, le coton, l'esclavage, l'expansion américaine, le Mexique catholique, l'armée française, le Vatican.

La bille d'ivoire pulvérise ces considérations éparses puis elle ralentit, freinée par la feutrine du tapis vert qui adoucit sa course. Charlotte respire mieux. Elle réfléchit encore mais ses pensées s'apaisent, la menace s'éloigne. En s'entre-tuant, les Américains précipitent leur chute. La guerre civile n'est pas seulement un châtiment, elle est une malédiction dont ils ne se relèveront pas. Le Mexique profitera de l'affaissement de ce voisin trop ambitieux. L'impératrice ferme les yeux. Un mince sourire éclaire son visage. Demain, elle dormira dans un vrai lit. Non, Dieu n'est pas un Yankee.

24.

Dimanche 19 juin, 9 heures
Cherbourg

« Dieu est avec le Sud, donnez-m'en dix ! »

Théodore Coupet entend les cris des joueurs qui montent des quais et pénètrent par la fenêtre ouverte. Le journaliste se réjouit : les Français qui parient sur l'*Alabama* ne sont pas frileux. Ils s'arrachent les tickets par dizaines, persuadés que la victoire de la corvette fédérale est assurée. Ils sortent de leurs poches les billets qu'ils destinaient au casino, tant pis pour le tapis vert, tant pis pour la roulette, ce jeu-là est bien plus spectaculaire ! Les Parisiens fraîchement débarqués sont pris dans une vague d'enthousiasme général, vrai, ils ne venaient pas à Cherbourg pour ça, c'est une rudement belle surprise que les Américains leur ont réservée ! Certains ont pris goût aux courses à Dieppe, à Deauville où les plus beaux pur-sang d'Europe rivalisent de vitesse sur l'hippodrome inauguré au printemps par le duc de Morny. Mais parier sur un combat naval ? Les turfistes occasionnels comme les élégants du Jockey Club s'enflamment pour cette nouveauté qui rappelle les jeux romains de l'Antiquité. Parfois, une demoiselle sous son ombrelle blanche s'émeut qu'on puisse miser sur de pauvres marins. Mais les hommes haussent les épaules : avec ou sans eux, le combat aura lieu, alors pourquoi bouder son plaisir ?

Si les Américains veulent se taper dessus, qui les en empêchera ?

Comme les Normands ne sont pas égoïstes, ils ont vite partagé avec les nouveaux venus ce qu'ils ont appris ces derniers jours : l'héroïsme de Semmes, son courage inouï, la courtoisie des officiers du Sud – d'authentiques gentlemen, pour un peu on les croirait français ! Les touristes sont gagnés par cette exaltation, c'est vrai que l'*Alabama* a fière allure avec son étendard étoilé qui claque au mât d'artimon. Ils braquent leurs longues-vues sur la corvette, admirent les cuivres de ses sabords que l'équipage fait briller comme pour un jour de fête. On n'aurait pas idée de se donner tant de mal pour sombrer quelques heures après. En quelques secondes leur opinion est faite : pour sûr, cet équipage est celui du vainqueur. D'ailleurs le navire yankee est trop loin pour soutenir la comparaison, et son nom trop difficile à prononcer, *Kissarge* vous dites ?

À 9 heures, la brume matinale est entièrement dissipée. La journée promet d'être splendide. Un soleil vif jette ses feux sur les façades blanches, allume les vitres des maisons, chauffe l'asphalte des quais. Zélie Tissot passe devant les spectateurs avec des paniers calés sur ses hanches, en traînant ses jupes d'un air mutin. Elle crie de sa voix claire : « Qui sera le grand gagnant du combat naval ? Les paris sont ouverts, messieurs dames ! » Les hommes la hèlent, par ici ma mignonne ! Zélie s'amuse, elle n'hésite pas à glisser un conseil, à orienter vers le Sud la mise des parieurs hésitants – à croire qu'elle connaît d'avance l'issue du spectacle. Et comme on la trouve jolie avec sa fossette et sa fraîcheur provinciale, les hommes en rajoutent, donnez-m'en le double, mademoiselle ! Pour l'*Alabama* ! Elle tend le chapeau, empoche la monnaie, distribue les tickets avec un clin d'œil complice – surtout gardez-le bien pour venir chercher votre dû! – puis s'éloigne d'un pas rapide pour trouver de nouveaux parieurs.

Elle n'a pas le temps de bavarder, ni de fleureter. Il est 9 h 30, le navire sudiste s'apprête à appareiller et la foule des spectateurs, compressée dans une fébrile impatience, s'étale sur plusieurs kilomètres autour de la rade. Sans un regard pour le casino flambant neuf, ni pour les cabines de bain mauresques, les curieux se sont précipités sur le site de Cherbourg comme à l'intérieur d'un immense théâtre à l'italienne. Sans billet, sans abonnement, ils se sont rués au parterre – le rivage, les quais, la digue –, aux balcons – la montagne du Roule, les promontoires de Querqueville, ceux d'Octeville –, quand les plus chanceux décrochaient une place dans les loges officielles – les navires, les canots, les barques que des pêcheurs malins proposent de louer pour voir le spectacle de plus près, frissons garantis. Sur l'eau, c'est un curieux tableau de costumes sombres et de robes claires qui tanguent dans l'attente du lever de rideau.

Pour le moment, Zélie Tissot se concentre sur le parterre. Elle marche le long des quais d'un pas énergique, louvoie entre les spectateurs, les landaus, les nappes étalées à même le sol, les services à thé, les enfants qui font rouler leurs cerceaux. Parfois elle est hélée par une famille accoudée au balcon d'un hôtel particulier ou sur le perron de quelque maison louée au prix fort. Elle approuve la mise, dix francs sur l'*Alabama*, c'est un excellent choix, monsieur! Puis elle lève les yeux vers la falaise du Roule dont la crête est maintenant entièrement coiffée d'ombrelles blanches.

Lorsque ses paniers sont pleins, Zélie rejoint Mathilde des Ramures et Théodore Coupet dans la fraîcheur de leur appartement avec vue sur la bataille. Le journaliste recompte les billets, note dans les colonnes de son cahier les sommes amassées. Puis il verse les pièces dans un grand coffre en bois. La femme, vêtue d'une robe de cachemire blanc brodée d'épis de blé et de coquelicots rouges, observe en silence. Elle garde la clef autour de son cou, comme un talisman qui ouvrirait les portes de sa fortune prochaine.

« Il reste trois mille tickets pour l'*Alabama*, deux mille pour le *Kearsarge*. Il faut grimper au Roule maintenant ! », ordonne Coupet.

Zélie soupire. Les bourgeois en ont de bonnes ! Le Roule culmine à plus de cent mètres, vous parlez d'une excursion ! Elle se laisse tomber dans un fauteuil, croise ses bras derrière sa tête et pose ses bottines usées sur le coffre plein de pièces.

« Allez-y vous-même ! Je suis épuisée, moi ! »

Mathilde des Ramures blêmit, Théodore jette à l'ouvrière un regard inquiet.

« Comment ? Mais enfin, c'est notre marché ! Tu ne veux donc pas ta part ? »

Zélie se redresse, cambre sa taille en riant.

« Alors ça, vous devriez voir vot' tête à tous les deux, c'est farce, ma parole ! J'plaisante, bien sûr. J'vais y monter sur vot' colline ! Mais je vous préviens, je redescends dès que la bataille est finie, hein ? Pas envie que vous filiez avec l'argent pendant que les Yankees se taperont dessus… »

Mathilde se lève à son tour.

« Je vous accompagne. »

Théodore la dévisage avec surprise. Il est convenu que ni lui ni Mathilde ne sortent. Ils doivent rester dans l'ombre de l'appartement, collecter les mises, redistribuer les gains sans que personne les voie. Cette idée de pari est incompatible avec sa dignité – elle –, sa profession – lui. Mais l'ouvrière secoue la tête.

« Vous fatiguez pas. J'connais mon travail ! Avec une bourgeoise comme vous à mes trousses, ça risque de tout faire gâter ! », ajoute-t-elle en empoignant ses paniers.

Elle part en claquant la porte. Théodore et Mathilde restent seuls dans l'appartement, face à face, silencieux, de chaque côté du coffre au trésor. Ils entendent le cri de l'ouvrière qui entre par la fenêtre ouverte : « Venez parier sur le gagnant du combat naval, messieurs dames ! Faites vos jeux ! » Sa voix se mêle à celles des loueurs de longues-vues, de jumelles, aux vendeurs de drapeaux, d'ombrelles, d'éventails, à la rumeur joyeuse de la foule. Les calèches des retardataires cherchent une place, les chevaux piétinent. Un orchestre joue des musiques américaines que personne ne connaît, des airs confédérés déchiffrés à la hâte sur des partitions prêtées par le consul sudiste. Une clameur monte des quais. Théodore se précipite sur le balcon. L'*Alabama* vient de lever l'ancre et se dirige, tous feux allumés, vers la sortie de la rade, escorté par la *Couronne*, navire français chargé par le sous-amiral Dupouy de faire respecter les eaux territoriales. Mathilde des Ramures le rejoint. C'est joli, cette nouvelle robe blanche et toutes ces broderies compliquées, les épis, les fleurs… Elle lève vers lui son regard.

« Alors, nous y sommes ? »

Il hoche la tête, oui, le combat va commencer. À nouveau sa crinoline contre sa jambe, son parfum à portée de main, leurs doigts voisins sur la rambarde en fer forgé. Il voudrait trouver un moyen de plaisanter, désamorcer le tragique de la situation. Mais toute tentative est vaine. Ils savent ce qu'ils sont, deux êtres rejetés dans les marges du monde et qui font le pari de revenir au centre, sur un coup de dés. Ce genre de revanche s'accommode mal de l'ironie ordinaire qui sied aux rencontres provisoires. Ils demeurent les yeux fixés sur la silhouette de l'*Alabama* qui s'éloigne, suivi d'un cortège de frégates et de yachts anglais. À les voir ainsi immobiles, silencieux, presque recueillis en surplomb de la foule bavarde, on croirait qu'ils assistent à un office religieux. Leurs cœurs se retiennent ensemble, au-dessus du même gouffre, unis par tout ce qu'ils ne partagent pas.

Le véritable office, lui, commence, alors que 10 heures sonnent au clocher de la basilique Sainte-Trinité. Le capitaine Semmes a transmis la veille un billet au consul Bonfils pour lui demander de se rendre à la messe dominicale et de la faire dire à son intention : « *Je suis catholique romain comme vous ; je ne pourrai assister à la messe, le combat me prendra trop de temps pour prier. Que Dieu défende le bon droit et qu'Il soit tout miséricordieux pour les âmes de ceux qui succomberont.* » Tandis que l'*Alabama* se dirige, toutes voiles dehors, vers son ennemi, des centaines de paroissiens normands prient pour sa victoire.

On prie aussi dans l'entrepont du *Kearsarge* où l'équipage a revêtu sa tenue du dimanche pour participer à l'office protestant célébré par le capitaine Winslow lui-même. « *In the name of the Father, of the Son and of the Holy Spirit.* » Le commandant commence la lecture du psaume 7, « Délivrez-moi Seigneur de mes ennemis ».

Il ignore que le sien se dirige vers lui au même instant. Semmes mise sur le recueillement de son adversaire pour le prendre par surprise et différer le branle-bas de combat. Mais la piété n'exclut pas la veille : un guetteur du navire yankee resté à son poste d'observation braque sa longue-vue sur la corvette qui s'approche. Du haut du mât, les mains en porte-voix, il crie : « *Alabama! Alabama right in front of us!* » Dans l'entrepont Winslow se redresse brusquement. Il dépose sa bible lentement, se signe puis regarde un à un ses hommes que l'annonce a tirés de leurs prières.

« Messieurs, à vos postes! On va enfin savoir si Dieu est un Yankee. »

25.

Le branle-bas de combat a surpris l'équipage au beau milieu de l'office, mais les hommes de Winslow sont entraînés : ils assurent les vergues avec des chaînes, ménagent les bosses dans les manœuvres du gréement, disposent des baquets d'eau sur le pont. Le médecin apporte des brancards. Un mousse sable le pont.

« Pourquoi ? », demande Mathilde des Ramures accoudée au balcon.

Elle abaisse la longue-vue et se tourne vers Théodore. Le journaliste a un geste vague.

« C'est nécessaire pour prévenir les incendies et éviter que les hommes ne glissent sur le sang versé. »

Mathilde réprime un haut-le-cœur.

« Le sang versé… », répète-t-elle à voix basse.

Les mots ouvrent une brèche par laquelle la violence des combats s'insinue dans l'atmosphère tranquille de ce dimanche matin. C'est un coup de canif donné dans la toile du décor tendue à l'arrière-scène : mer lisse, voiles blanches, ciel très bleu – rien ne laisse deviner la machinerie qui s'active en coulisse, promettant de noyer le tableau dans des volutes de poudre. Maintenant, Mathilde braque la longue-vue vers l'*Alabama*. Elle devine le capitaine Semmes qui harangue ses hommes avec des gestes amples depuis la dunette. Elle imagine des exhortations au courage, ces mots qui galvanisent les hommes et les disposent à mourir : l'honneur, la patrie reconnaissante, notre drapeau, l'Europe entière vous regarde…

L'Europe entière, c'est excessif, mais près de dix mille spectateurs composent le public et c'est déjà beaucoup. Les Parisiens se réjouissent : on dira ce qu'on voudra, c'est chic de la part des Américains d'avoir attendu l'arrivée du train de plaisir pour commencer. Un abonné de la Comédie-Française approuve : c'est à ce genre de détail qu'on voit que ce Semmes est un gentleman. Maintenant chacun est à sa place, debout au parterre ou embarqué sur l'eau dans des bateaux qui sont comme des loges flottantes, des baignoires avec vue. Le vice-amiral Dupouy a tenu parole : à l'aube, il est venu chercher l'académicien et sa femme. Valérie Feuillet avait peu dormi : trop d'excitation, trop de champagne, et le souvenir de ces beaux officiers au teint cuivré qui allaient peut-être mourir après l'avoir fait valser dans les salons du casino… La perspective du combat naval l'a maintenue éveillée jusqu'à l'aube. Maintenant, elle somnole sur le yacht du préfet, vaguement nauséeuse. L'embarcation tangue, elle se frotte les yeux, respire des sels d'ammoniac pour rester éveillée : elle ne veut rien perdre de la naumachie qui se prépare. Mme Dupouy propose aux invités une tasse de thé de Ceylan et des biscuits à la rose : il faut prendre des forces avant d'assister à un pareil combat, cela risque de durer longtemps. L'académicien secoue la tête, non merci. Il est trop préoccupé par l'imminence du terrible et curieux spectacle dont il envisage de faire un sujet de roman, ou une pièce de théâtre. Sa femme approuve : le public raffole des guerres fratricides.

Mais pour l'heure, le public de Cherbourg, lui, est désorienté par le premier acte du combat. Alors que l'*Alabama* arrive à la hauteur de son ennemi, le *Kearsarge* file vers le large. Les deux navires avancent maintenant côte à côte dans la même direction, comme s'ils se défiaient dans une course, comme s'ils voulaient éviter la confrontation. Les spectateurs sont déçus, eh bien, on se défile ? Une femme à la gouaille parisienne ajoute que ce ne sont pas des manières, de montrer son derrière au public. On rit, on propose un verre de cidre à la drôlesse, un boucher de Montparnasse coupe des tranches de rôti froid. Un monsieur à lorgnon explique d'un ton très docte qu'il faut d'abord que les navires quittent les eaux territoriales selon les consignes du gouvernement français, qui a promis de rester neutre en cette affaire. Neutre ou pas, le public veut que la bataille commence, on n'est pas venu voir les matafs se faire des politesses pour des questions de règlement. Mais soudain le cri d'un gamin fait sursauter la foule :

« Regardez ! Les Yankees font demi-tour ! »

Une exclamation générale accueille cette information. Enfin ! Ce qu'on avait pris pour le début de la rencontre n'était qu'une mise en bouche, comme ces pantomimes qu'on donne aux spectateurs pour les faire patienter avant que commence la comédie. Dans un même mouvement, les jumelles se braquent sur le bâtiment nordiste qui vire de bord et fonce à présent sur l'*Alabama*. Sans attendre, la corvette sudiste ouvre le feu, une première bordée en enfilade, avec des boulets pleins. Ce sont les trois coups de bâton qui annoncent le début des festivités, le public ravi applaudit. Enfin, ça commence ! Les verres s'entrechoquent, le pâté en croûte circule, les commentaires vont bon train. Ceux qui n'ont pas de jumelles étirent le cou vers leurs voisins mieux pourvus, alors, touché ? Pensez donc ! La volée a été tirée avec trop de précipitation !

Le *Kearsarge*, imperturbable, continue d'avancer droit devant lui avec la même résolution. Deuxième bordée sudiste, cette fois le navire yankee répond immédiatement, une canonnade nourrie qui dure plusieurs secondes et laisse les spectateurs muets, le verre levé, les yeux fixés sur l'épais nuage de fumée que des éclairs déchirent à chaque tir de canon. Des spectateurs trépignent, on ne voit plus rien ! Les assaillants sont noyés dans des volutes informes où se mêlent le charbon du pays de Galles et celui, plus sombre, de Newcastle où s'est approvisionné Winslow. Pour un peu, on croirait à un artifice comme on en use à l'opéra pour brouiller la vue du public et actionner la machinerie. De fait, lorsque le nuage se dissipe, les navires ont changé de place. Ils se tiennent maintenant à contrebord, barre à bâbord, et décrivent de larges cercles dans le sens des aiguilles d'une montre, cherchant à toucher l'ennemi par l'arrière, là où il est le plus vulnérable. Ils glissent en silence sur la mer lisse, le public retient son souffle, une femme s'extasie, c'est beau comme un ballet ! Puis à nouveau les fusées, la canonnade sudiste, rapide mais imprécise. Et si on goûtait les fraises ?

Un marin en permission dont la longue-vue est puissante commente pour le public :

« Encore raté ! Décidément ces confédérés tirent trop haut, il faut viser plus bas, bien plus bas, afin que le boulet ricoche sur la mer ! »

Un commandant en retraite caresse sa barbiche d'un air perplexe.

« Tout de même, c'est incompréhensible ! Les boulets ricochent sur le *Kearsarge* comme s'il était impénétrable… Voyez vous-même… », propose-t-il en tendant ses jumelles à sa femme.

Mais soudain le marin s'écrie :

« Attendez ! Un obus vient de se ficher dans l'étambot des Yankees ! »

Les spectateurs braquent immédiatement leurs lunettes sur le navire unioniste, l'explosion va être mortelle, ça va faire un sacré feu d'artifice… *Un, deux...* Des demoiselles plaquent leurs mains sur leurs oreilles, des mères enfouissent leurs nourrissons dans leurs corsages… *trois, quatre...* Mais quand est-ce qu'il éclate ? Un à un, les visages se redressent, les yeux se dessillent, on se dévisage, alors ? Il aurait dû exploser. Le commandant secoue la tête, la poudre de l'*Alabama* doit être défectueuse, trop humide, il ne voit que ça. Un fort des halles qui a parié toute sa paie sur les confédérés se verse un verre de vin rouge, fichtre, s'il avait su, il n'aurait pas écouté la jeune Normande qui lui a vendu ses billets à grand renfort d'œillades et de fossettes. Le boucher de Montparnasse le rassure, bah, qu'est-ce que ça peut faire ? On s'amuse, c'est le principal… D'ailleurs il fait si beau, on est mieux au soleil que dans leur casino, pas vrai ? Autour de lui, le public approuve, les visages s'épanouissent, la joie éclate, même si le Sud perd, on s'estime gagnant, ce n'est pas à Paris qu'on assisterait à pareil spectacle ! L'homme soulève ses grosses épaules, tout de même, il s'est fait avoir. Il cherche du regard la gamine blonde avec ses paniers, mais elle a disparu, absorbée par la foule blanche, dissoute dans la lumière crue qui chauffe la falaise.

Assise en contrebas, à l'ombre d'un gros chêne, Zélie enfouit sa main dans son panier. Les pièces ruissellent entre ses doigts dans un bruit de cascade. Vrai, ça va faire une sacrée somme si le nordiste gagne comme l'a annoncé le journaliste. Il y a quand même eu quelques Parisiens pour parier sur le Nord, un professeur, un écrivain, une femme émue du sort des esclaves – elle avait lu des livres où on décrivait des vies épouvantables soumises à des maîtres cruels dans des champs de coton. Zélie a empoché leur mise avec une mauvaise volonté visible, comme vous voudrez. C'était autant que la comtesse ne gagnerait pas et elle lui avait promis dix pour cent du pactole.

Maintenant, tandis que la bataille se poursuit sur les flots, Zélie s'allonge dans l'herbe et croise ses bras derrière sa nuque. Elle est fatiguée de cette course au pari qu'elle mène depuis l'aube, écrasée de chaleur, le dos cassé par ses paniers. Elle n'a même pas la force de suivre le combat, d'ailleurs elle n'a pas de jumelles et elle ne verrait rien avec cette lumière éblouissante. Elle ferme les yeux, hume le parfum de l'herbe, de la terre. Elle se sent bien. Les tirs de canon se corsent. Aux cris dépités de la foule, elle devine que l'*Alabama* essuie des revers ; aux encouragements bruyants, qu'il poursuit le combat, intensifie ses tirs. Elle attend. Bientôt, elle sera riche. Pas à la manière des bourgeoises de la ville qui jettent leur argent par les fenêtres pour se pavaner mais assez pour quitter Cherbourg, l'autorité de son père, la misère de la vie ouvrière. Elle s'imagine à Paris, vendeuse dans un de ces grands magasins où finissent les toiles qu'elle coupe à l'usine, ou bien parfumeuse. Oui, parfumeuse, ce serait chic. Nouvelle canonnade. Nouvelles exclamations du public, quelques jurons, un obus a traversé la salle des machines du *Kearsarge* sans exploser, c'est à n'y rien comprendre.

Zélie ouvre les yeux, les rayons passent entre les branches du chêne et jettent sur la terre de grosses gouttes de soleil, brillantes comme ses pièces d'or. Tout se déroule comme prévu. Bien, très bien même. Elle reprend sa rêverie là où elle l'a laissée, sur les Grands Boulevards, les quais de Seine où des dandys en costume promènent leur ennui, ouverts à la rencontre. Bien sûr, elle pourrait partir d'ici au bras d'un homme, un ouvrier en goguette, un fort des halles comme celui à qui elle a vendu ses billets, ou plutôt ce peintre venu installer son chevalet sur la falaise pour « capter la lumière ». Il ne lui a rien acheté mais a bavardé un moment avec elle, lui a proposé de poser pour lui dans son atelier à Paris, s'il lui prenait l'envie de découvrir la capitale.

Grondement des canons, cris dans la foule. Elle se soulève mollement sur un coude, aperçoit une fumée sur la mer, retombe sur le dos en soupirant. Non, elle ne partira pas avec le peintre, ni avec le fort des halles. Elle refuse de se soumettre à un homme. Le contremaître de l'usine, le directeur du casino, son père, elle est gavée de servitude, elle rêve d'indépendance et de liberté. Nouveaux tirs d'obus. Les bordées semblent pourtant diminuer d'intensité, est-ce que ce serait déjà la fin ? Elle songe au journaliste qui doit observer attentivement l'issue du combat depuis l'appartement de l'avenue de Paris. Lui, bien sûr, s'il lui proposait de l'emmener, ce serait différent.

26.

Mais Théodore Coupet ne pense pas à Zélie Tissot. Depuis le balcon, il scrute l'agitation qui règne sur le pont de l'*Alabama* où Semmes enrage de voir ses obus rebondir sur le *Kearsarge* avant de retomber dans les flots dans de grandes gerbes d'écume. Ceux qui se fichent dans le navire nordiste n'explosent jamais, ils s'enfoncent en silence dans la coque, comme si un mauvais sort les dévitalisait dès qu'ils atteignent leur cible. De son poste d'observation, Théodore devine les ordres lancés à l'équipage – *sponge, load with cartridge, run out, ready, fire !* – mais aussi le tremblement du pont, les craquements de la mâture, le vent dans les vergues, tous les bruits ordinaires étouffés par le fracas des explosions. Les tirs yankees sont deux fois moins nombreux que ceux des confédérés mais, parce qu'ils sont plus précis, leurs dégâts sur l'*Alabama* sont considérables : deux obus ont frappé la dunette en faisant sauter un morceau du pont, quatre ont traversé le bastingage, tuant au passage les artilleurs, un autre s'est enfoncé dans la soute à charbon.

Le journaliste note tous ces éléments dans un petit carnet, scrupuleusement. Il dessine aussi les cercles décrits par les deux navires qui poursuivent leur ronde tout en échangeant des tirs… *quatre, cinq, six...* son crayon trace les boucles du ballet nautique. Il doit rester concentré, malgré le trouble qu'il éprouve de sentir Mathilde si près, sa robe qui frôle son pantalon, sa respiration régulière, le parfum de son eau de Cologne. Il lutte contre son désir, s'exhorte à demeurer attentif. Il ne doit rien oublier, rien négliger. Il est le seul journaliste parisien sur les lieux, l'unique témoin. Il tient là une information inédite. Un moment d'inattention compromettrait sa nouvelle carrière. S'il osait, il demanderait à Mathilde de rentrer à l'intérieur pour lui permettre de garder toute sa concentration. Pour ne pas être tenté de baisser ses jumelles, de tourner la tête, de l'enfouir dans son cou pour retrouver la source de son parfum, cette odeur qui le trouble et l'obsède. Elle est si intimement liée à cette bataille qu'un seul baiser, il en est sûr, coïnciderait avec un coup décisif. Sa propre reddition entraînerait celle du navire.

Mathilde observe les croquis du journaliste puis lève les yeux. Elle ne reconnaît pas dans les dessins du carnet la brutalité des combats, les cheminées qui explosent, les mâts qui volent en éclats, les corps qui tombent à l'eau. Le feu et la fureur. Chaque explosion retentit dans sa cage thoracique, creuse un trou d'air dans sa poitrine. Elle ne pense pas au pari, ni à l'enjeu de la victoire. Elle voudrait seulement que tout s'arrête, le bruit, les armes, et ces nuages de fumée qui souillent le ciel de ce beau jour de juin. Soudain, l'*Alabama* hisse ses voiles auriques sur l'avant.

« Qu'est-ce que cela veut dire ? », demande-t-elle à voix basse, comme si cet indice risquait de donner un avantage à l'adversaire.

Théodore garde sa longue-vue braquée sur la rade. Il lui répond sur le même ton :

« Les chaudières sont touchées et le magasin en feu. Voyez la vapeur qui sort des écoutilles… »

Mathilde lève ses jumelles sur la corvette qui fume et se traîne comme un cheval blessé sans plus répliquer aux coups qu'elle reçoit. Nouvelle canonnade. Un obus yankee frappe le gouvernail de son adversaire. Elle sent son cœur bondir. Instinctivement, elle y porte la main, comme pour l'empêcher de sortir de son corsage. Le journaliste baisse sa longue-vue, détourne le regard.

« Cette fois, c'est le coup de grâce… », murmure-t-il en notant l'impact sur son croquis, ainsi que l'heure : midi et trois minutes.

Tout se passe comme prévu. L'*Alabama* est perdu, c'est ce qu'il avait annoncé. La guerre de Sécession va s'achever, le Nord sera gagnant, les esclaves libérés, l'Amérique unie, réconciliée. Il devrait se réjouir. Pourtant il tremble, il est nerveux, pressé. Il reprend son observation, il a envie que tout s'accélère, les tirs, les canons, les obus, le naufrage, les secours, qu'on passe à autre chose. À elle, en l'occurrence. Il a hâte qu'on en finisse et il redoute en même temps ce moment où il ne restera rien de la cause qui les unit, qu'un nuage de poudre sur la rade, une épave au fond de la mer, et des planches où flottent des noyés. Que dire après ça ? Des vagues soulèvent le navire sudiste puis s'affaissent brutalement en dévoilant les béances de sa coque, les lambeaux de ses voiles.

Une clameur monte des quais :

« Il s'enfuit ! Il s'enfuit !

— Il met le cap au sud-ouest !

— Qui donc ? Le Yankee ?

— Non ! L'autre ! »

Sous le balcon, les parieurs se tapent la cuisse de dépit. Eh bien, tu parles d'un vainqueur ! Et la blonde du pari qui répétait que ces types-là étaient invincibles !

Mathilde blêmit. Elle se sent complice de ces remarques, de cette fête macabre, de cette folie. Elle voudrait que la foule se disperse, que le train ramène à Paris ces spectateurs trop bruyants, qu'on débarrasse le Roule de sa forêt d'ombrelles pour rendre à la falaise la nudité de ses flancs de grès. Retrouver le silence des quais, l'ombre des platanes, la quiétude d'autrefois, sa pauvreté tranquille.

« C'est pourtant vrai qu'il revient dans la rade… », murmure-t-elle en observant la manœuvre de l'*Alabama*.

Elle en éprouve un soulagement immédiat, comme si, malgré les obus, les flammes et les mourants, les marins rentraient au port pour faire la paix et se taper dans le dos, bravo, vous vous êtes bien battus. Instinctivement, elle pose ses jumelles, jette un châle sur ses épaules, comme si elle allait sortir. Et c'est bien ce qu'elle compte faire, courir sur la plage pour voir le navire blessé, percé de toutes parts, réconforter son équipage, saluer le capitaine malheureux. Peut-être parce qu'elle a appris à aimer son mari dans ses infortunes, peut-être parce qu'elle se sent souvent un peu perdue, elle ne parvient pas à réaliser qu'elle est du côté des vainqueurs, pour une fois. Elle en veut au journaliste de rester impassible, un crayon dans une main, la longue-vue dans l'autre. Elle ne devine rien de son trouble, de son tiraillement, des efforts qu'il fait pour ne pas la regarder, pour ne pas la retenir.

« Attendez, ce n'est pas terminé… », murmure-t-il sans se retourner.

Il avait hâte d'en finir et voilà qu'à présent il craint que tout s'achève. Qu'elle rentre à l'intérieur, ferme la fenêtre, la porte, merci pour votre aide, adieu. Il redoute ce moment où il sera assez lâche pour s'en tenir là, merci à vous, au revoir ; il devine sa solitude sur le palier, son désir exaspéré, son retour à Paris sans avoir rien connu de sa peau, de ses lèvres, de ses jambes qu'il imagine sous les cerceaux de fer. L'*Alabama* aussi cherche à s'enfuir mais le *Kearsarge* augmente la vitesse pour couper sa retraite avant qu'il n'entre dans les eaux territoriales où il sera impossible de l'achever. Les Yankees continuent de faire feu, obus et boulets balaient ce qu'il reste du pont où des masses informes gisent au milieu des lambeaux de gargousse enflammés. Théodore règle nerveusement la longue-vue, un autre feu le brûle qu'il tente d'éteindre en gardant les yeux braqués sur les manœuvres des navires. Soudain un cri s'élève parmi la foule :

« Il se rend ! Il se rend ! »

Mathilde observe avec saisissement le drapeau blanc qui se hisse au mât du navire sudiste. Elle se tourne vers Théodore, la gorge nouée. C'est donc fini ? Le journaliste tente de demeurer impassible, de maîtriser sa main qui tremble un peu tandis qu'il écrit en grosses lettres : *REDDITION : MIDI ET QUINZE MINUTES.* Son cœur bat plus fort. La proue de l'*Alabama* se dresse brutalement vers le ciel puis s'enfonce lentement dans les eaux par la poupe, focs déployés. *Deus ex machina.* Le temps semble ralenti, la scène ouatée d'un effrayant silence. Le public ne parle plus, ne rit plus, comme s'il réalisait tout à coup que tout était vrai, les obus, le sang, les noyés. Silence sur les quais, les balcons. Silence au parterre. Silence sur le Roule. Cherbourg retient sa respiration. Sur le navire pourtant, les vaincus regroupés à la proue doivent entendre l'immense gargouillis remontant du fond des cales, les derniers souffles s'exhalant des écoutilles, et les bulles éclatant le long de la coque. À moins que les cris des blessés – jambes sectionnées, troncs broyés – ne recouvrent tout.

Mathilde a un vertige. Elle ferme les yeux, laisse tomber ses jumelles. C'est comme si elle sombrait avec l'équipage, comme si elle s'enfonçait avec lui entre les algues et les poissons. Elle voudrait hisser un drapeau blanc pour demander qu'on lui fasse grâce de la suite, le naufrage, les noyades, et cette culpabilité qu'elle devine tapie au fond de sa conscience. Car ce qu'ils ont vécu ensemble la nuit dernière était nimbé d'une douceur qui occultait la cruauté du pari. Mais quand il sera parti, elle sera rendue à elle-même, sa solitude sera complète et sa victoire amère. Elle vacille, se retient à la rampe du balcon, l'eau monte dans le bateau, le naufrage s'accélère, les hommes mettent des canots à la mer, l'autre tire toujours, son cœur s'essouffle, une vague la submerge et la précipite dans la nuit sous-marine.

« Mathilde ! Vous m'entendez ? Vous ne vous sentez pas bien ? »

Ses paupières battent rapidement entre deux longs intervalles durant lesquels elle semble somnoler. Elle se retient à la rambarde de fer forgé, murmure que le soleil tape fort. Théodore lâche sa longue-vue, le calepin, le crayon. Il glisse une main autour de sa taille, l'entraîne vers l'intérieur, ferme le volet. L'appartement plongé dans la pénombre a gardé sa fraîcheur. Il l'aide à s'asseoir sur le fauteuil où il a dormi. Sa crinoline se plie aux côtés, se gonfle devant elle comme une baudruche blanche où poussent des coquelicots. Il prend son pouls. Sous ses doigts, il sent ses veines qui saillent, le sang qui court sous la peau fine. Il veut lui faire respirer des sels, c'est ce qu'on fait dans ces cas-là. Elle secoue la tête, elle n'a pas de sels… Juste de l'eau de Cologne, ajoute-t-elle en désignant d'un geste vague sa chambre à l'autre bout du couloir. Il sait. Il s'y rend comme un voleur qui entrerait dans un temple pour dérober un talisman.

La rumeur enfle derrière les volets clos, ou bien est-ce le bruit de la houle qui gonfle comme un poumon démesuré, ou le sang dans ses tempes qui tape plus vite et plus fort ? Il ne pense pas à ce qu'il manque, le sauvetage, les noyés, tout l'épilogue du combat et ses inévitables questions, que faire des prisonniers, combien de morts, de blessés ? Les lecteurs de *La Vie parisienne* voudront savoir. C'est égal, il inventera pour eux les dernières lignes de son papier. Cette histoire fera le tour de Paris, toute la presse s'en fera l'écho, on la complétera, on la précisera, on ne parlera que de ça. Tandis que l'autre histoire, celle qui se joue maintenant dans l'ombre d'un salon de Cherbourg, personne ne la racontera jamais. Or c'est celle qu'il a envie de connaître.

Il revient avec le flacon de parfum, s'agenouille devant elle. Entre eux, comme une barrière, il y a la cage de fer souple, toutes les fleurs champêtres qui s'épanouissent sur la mousseline de sa robe. Le chat s'installe à ses pieds. Un bouquet et un chat, c'est ce qui les sépare. C'est peu, c'est presque rien. Il ouvre le flacon, le parfum s'échappe et il retrouve alors l'émotion de la nuit sur la plage, près des cabines de bain. C'était avant les canonnades et la fureur des hommes, c'était sa robe bleue et sa voix dans l'obscurité, et l'*Alabama* au loin, ses trois mâts fièrement dressés vers le ciel comme une prière qui n'a pas été exaucée.

27.

Zélie Tissot n'attend pas la fin du spectacle. Au moment où l'*Alabama* hisse le pavillon blanc, elle se redresse, prend ses paniers, et descend en courant la falaise. Le public ne lui prête aucune attention. Tous les spectateurs ont les yeux braqués sur le sauvetage qui s'organise en mer. Des quatre baleinières du navire sudiste, il n'en reste que deux : les autres ont été fauchées par des boulets ennemis. Les hommes qui n'ont pas sombré se débattent, s'agrippent à des débris, des planches, les restes de la mâture. Le public, saisi par la violence de la scène, s'écrie :

« Mais aidez-les ! Est-ce que les Français vont les laisser couler sans leur tendre la main ? »

Tous les regards se portent sur la *Couronne*, le navire affrété par le préfet maritime chargé de veiller au bon déroulement du combat. Ira, ira pas ? Le professeur aux lorgnons reprend son discours sur la neutralité mais on le fait taire, et la fraternité alors ? C'est trop demander que de faire preuve d'un peu d'humanité ? L'homme répond qu'une bataille navale n'est pas une kermesse paroissiale, la polémique enfle, un prêtre propose de dire un chapelet pour les malheureux. Zélie poursuit sa course au milieu des indignations et des exhortations. Ses pieds heurtent les pierres, les pièces sautent dans ses paniers, son cœur bondit dans sa poitrine, elle pense à la fortune qui l'attend, à la vie d'après. Un cri recouvre les autres :

« Regardez l'*Alabama* ! Il disparaît complètement ! »

Elle s'arrête un instant, relève la tête pour voir la mer engloutir ce qu'il reste du navire et de son équipage. Des jeunes filles couvrent leurs visages de leurs mains, elles ne veulent pas assister à ça. Une femme a une attaque de nerfs, elle réclame des sels. On fouille dans ses poches, dans les paniers de pique-nique. Les enfants profitent de la distraction des adultes pour chiper des fraises et des beignets abandonnés dans l'herbe.

« Là ! crie le marin à la longue-vue. L'Anglais va les repêcher ! »

Une acclamation accueille l'initiative du *Deerhound*, le yacht de John Lancaster, qui se dirige vers les malheureux. Des navires français lui emboîtent le pas : le *Lutin*, les *Deux-Sœurs*, l'*Alphonsine-Marie* font mettre à l'eau leurs baleinières pour repêcher les naufragés. Le public respire mieux, tout de même, on est entre gens civilisés !

Tandis que les gens civilisés se félicitent, Zélie poursuit sa course. Arrivée au pied de la montagne du Roule, elle se dirige vers les quais, slalomant parmi la foule repue, évitant les carcasses de poulet sur la chaussée, les trognons de pomme, les verres à moitié vides, les nappes tachées de graisse, tous les reliefs du festin qui disent qu'on s'est régalé sans vergogne pendant que les Américains s'échangeaient des boulets de canon. Le public maintenant n'a plus faim, cet épilogue en forme de naufrage lui a coupé l'appétit. Délaissant les fruits et les desserts, il se tient debout pour mieux voir le sauvetage, poussant sur la pointe de ses pieds, se hissant sur les murets, grimpant dans les arbres pour se rassurer, finalement, des morts, il n'y en aura pas tant que ça, hein ? Sur les trottoirs pourtant il y a encore quelques hommes pour se servir une prune dont on doit dire des nouvelles, quand on y est, on y est, n'est-ce pas ? D'ailleurs, ce n'est pas un verre d'eau-de-vie qui va changer l'issue du combat, et s'il faut s'émouvoir pour des gars qui ne sont pas de chez nous, on n'en finit jamais, pas vrai ? Cette dernière idée remporte l'adhésion des ouvriers de l'arsenal venus en curieux.

Zélie les dépasse, refuse au passage quelques propositions galantes, un verre de sirop d'orgeat, un calvados peut-être ? Elle avance tête baissée, non merci, non merci, pardon, elle craint qu'on ne la reconnaisse, qu'on ne lui réclame son dû. Si son père la voyait là avec ses paniers pleins de pièces, il la rattraperait immédiatement, lui demanderait des comptes. À tous les coups, il empocherait sa part à sa place et ruinerait ses rêves de vie parisienne. Mais elle sait qu'elle n'a rien à craindre : le forgeron de l'arsenal n'est pas avec ses camarades. Il s'est levé à l'aube pour louer sa barque de pêche à prix d'or et emmener les bourgeois voir le spectacle de plus près. À eux, ça fera de jolis souvenirs, et à lui un petit magot qu'il ira boire au Lion d'Or sitôt les festivités achevées.

Sur les quais les cris reprennent de plus belle, cette fois le *Kearsarge* s'est décidé à mettre ses canots à l'eau pour secourir les sudistes. Un élan favorable a d'abord accueilli cette initiative, jusqu'à ce qu'un dandy nonchalant précise en soufflant la fumée de son cigare qu'il vaudrait mieux, à son avis, être mort noyé que prisonnier des Yankees. Ces gens-là sont féroces, croyez-moi, ils ne pardonneront jamais à leurs adversaires de les avoir obligés à les poursuivre jusqu'ici, ils le leur feront payer très cher. Aussitôt la rumeur se répand parmi la foule, les nordistes vont torturer les rescapés de l'*Alabama*, ce sera atroce et sanglant.

Des gamins grimpés dans les arbres mettent leurs mains en porte-voix : « N'y allez pas ! C'est un piège ! » Les femmes s'éventent, on a beau dire qu'on est cousins, ces Américains ne sont pas comme nous. L'une d'elles, dont la crinoline est couverte de poussière et de miettes, raconte les aventures de lointains parents partis tenter leur chance de l'autre côté de l'Atlantique, des histoires d'Indiens et de scalps, de cow-boys et d'esclaves torturés. Les autres ouvrent des yeux ronds, quelle horreur. Quand on sait que le pays a été peuplé de bandits et de prostituées, on ne s'étonne plus de rien. Le dandy tempère, allons ma chère, l'eau a coulé sous les ponts depuis, vous verrez qu'un jour ce peuple se piquera de donner des leçons à notre vieille Europe. On éclate de rire, quelle farce ! Ça fait du bien de plaisanter un peu au milieu de tout ce drame.

Lorsqu'elle arrive devant la maison de l'avenue de Paris, Zélie s'arrête, essoufflée par sa course. Elle lève les yeux vers le balcon du premier étage. Personne. Ni journaliste ni robe de mousseline blanche. Le volet est fermé. Ils sont partis. Aussitôt une colère la submerge, est-ce qu'ils se seraient moqués d'elle ? Elle en était sûre, elle aurait dû se méfier, on ne peut jamais compter sur les bourgeois. Elle le sait pourtant bien, qu'on est toujours la dupe de ces gens-là. Ils auront empoché l'argent qu'elle avait collecté au parterre et seront partis ensemble à Paris. À l'heure qu'il est, ils doivent bien rire en pensant à cette godiche qu'ils ont envoyée prendre le soleil sur le Roule pendant qu'ils restaient à l'ombre à rêver d'une vie à deux grâce à la fortune amassée. Elle en pleurerait de rage. Elle serre les dents. Elle repense au journaliste, à son regard franc, à leur rencontre le premier jour, sur la plage des Mielles. À la façon dont il lui a parlé ce jour-là. Ni comme à une enfant, ni comme à une bonne, presque comme à quelqu'un. Ce souvenir la blesse. Les larmes qu'elle retient font danser la foule dans un brouillard. Elle ferme les yeux.

Quand elle les rouvre un instant après, les volets sont toujours clos, le ciel toujours bleu, le public aussi bruyant. Elle est trop jeune pour souffrir, elle a vingt ans à peine. Il fait beau, elle est riche. Un train part bientôt pour Paris. Elle verse l'argent dans son sac de coton gris, dépose les paniers vides devant la porte de l'immeuble. Qu'ils gardent la fortune amassée sur les quais, elle emporte celle gagnée sur les falaises, c'est justice. Cinquante-cinquante : c'est un marché honnête. Les bons comptes font les bons amis, dit son père. D'ailleurs des amis, elle n'en a pas, elle s'en fera à Paris. Elle se penche au-dessus d'une nappe à carreaux, attrape du pain, du fromage, une pomme. Un gamin en costume marin l'observe en silence. Elle pose un doigt sur ses lèvres. Demain elle se réveillera à Saint-Lazare et tout commencera. Elle se dirige vers la gare en pressant le pas. Déjà, elle ne pense plus à la comtesse ni au journaliste. Elle ne pense plus qu'à la vie parisienne, aux promesses qui s'engouffrent dans la largeur des boulevards flambant neufs de la capitale.

28.

Le même jour
Mexico

Au moment où Zélie grimpe dans le train, Charlotte monte dans la voiture arrêtée devant le palais de Mexico. Elle ne peut réprimer une grimace en retrouvant sa place sur la banquette, à côté de Maximilien. Le soleil darde ses rayons brûlants sur la capote de cuir bouilli. Elle aurait préféré une calèche mais Bazaine l'en a dissuadée, ils seraient trop exposés, un coup de feu est si vite parti, ce ne serait pas prudent. Le général la salue puis ferme la porte et ordonne le départ, bon voyage Votre Majesté. Retour à la case départ. On se croyait arrivé mais ce n'était qu'une halte comme tant d'autres, à la place d'une auberge, mettez un château. Charlotte soupire. Il lui semble que le voyage reprend, poussiéreux, interminable, à travers ce pays qui n'a pas de limite, pas de frontière, qui est immense, cinquante, cent fois la Belgique peut-être ? Cette idée accroît son angoisse. Son mari la rassure, la route sera courte et l'armée française les escorte. Il n'y a pas de danger. Elle voudrait prendre sa main, mais il tient les siennes entrecroisées, étroitement serrées sur ses genoux, fermées comme son visage. Son regard fixe la route devant lui et semble ne rien voir.

Ce n'est pas une fuite, c'est un déménagement. Ce n'est pas une fuite, c'est un déménagement. Ce n'est pas une fuite, c'est un déménagement… Charlotte a beau se répéter cette phrase en boucle, elle ne peut regarder en face ses dames d'honneur tandis qu'on charge ses malles sur les voitures à destination de Chapultepec. Elle croit deviner des hochements de tête, des sourires, des regards en coin. Des images lui reviennent, Louis XVI en route pour Varennes, Louis XVIII pour Gand, Charles X pour Cherbourg, Louis-Philippe, son propre grand-père, embarquant au Havre sous le nom de « Mr Smith ». Après des années de règnes immobiles, le siècle a jeté en pagaille, sur les routes et sur les mers, toutes les têtes couronnées d'Europe. Louis XVI a montré la voie. Il a échoué mais ses successeurs sont arrivés à bon port, sains et saufs. À croire que depuis Varennes, les rois ont appris à se déguiser, à voyager léger, à utiliser des noms d'emprunt. À devenir des fugitifs, des proscrits.

Elle secoue la tête. Pas elle. Pas eux. Ce n'est pas une fuite, juste un déménagement. D'ailleurs les femmes d'ici sont sans malice, elles doivent se réjouir de quitter ce palais insalubre pour la suivre dans la nouvelle résidence impériale. Et puis Maximilien est ragaillardi par cette perspective, il plaisante avec les officiers, montre à Bazaine les plans qu'il a dessinés pendant la nuit. Afin de faciliter la communication avec la ville, il fera percer une longue artère pour relier la citadelle au Palais national. À Paris, il a vu comment le baron Haussmann hachait la ville à grands coups de sabre, comment il faisait ses avenues, amples, claires, avec son armée de terrassiers et de maçons. Il agira de même, creusera une large entaille et la nommera « allée de l'Impératrice ».

« Comme la voie qui relie l'Arc de Triomphe au bois de Boulogne ?

— Exactement, général ! La France au cœur du Mexique ! »

Bazaine hoche la tête, excellente idée, Votre Majesté. Il semble néanmoins embarrassé. Comment dire à l'empereur que les coffres sont vides, les finances à sec, et qu'il faudrait d'abord remporter la guerre avant de faire des plans d'urbanisme ?

Charlotte passe la tête par la fenêtre. Des gamins se pressent sur le passage du convoi, les militaires les écartent brusquement, *vete, vete !* Elle regarde par-dessus son épaule le palais qui s'amenuise, ses murs ocre, ses créneaux, le drapeau français qui flotte au-dessus de sa porte. Il lui semble que derrière les fenêtres innombrables dont la façade est trouée, il y a des hommes, des femmes, qui la regardent s'éloigner, qui se réjouissent de cette désertion. Elle croit entendre des applaudissements, de la musique. Sa grand-mère lui racontait comment, après leur abdication, le peuple français était entré dans le palais des Tuileries pour le saccager. Le peuple est une menace pour les princes, lui répétait-elle. Charlotte a retenu la leçon. Est-ce que les Mexicains vont envahir le Palacio, est-ce qu'ils vont renverser les meubles, danser dans les patios, se baigner nus dans les fontaines ?

Elle s'efforce de ne pas y penser, de concentrer son attention sur ce qui l'attend au terme du voyage, dans cet autre palais entouré de verdure. Elle voudrait croire que ce sera un nouveau départ, après l'arrivée manquée à Mexico. Une seconde chance, est-ce que ça existe en politique ? Son frère disait que les premiers mois étaient déterminants. Elle ferme les yeux. Elle aimerait laisser au château ses angoisses et ses doutes pour embrasser pleinement son règne à venir. Soudain, des femmes s'approchent de la voiture et lui jettent des fleurs par brassées. *Vete! Vete!* Les gardes sabrent l'air de leurs épées. Les pétales tombent sur la route et font des taches rouges, des taches jaunes que foulent les pas des chevaux. Charlotte en est émue. Des cris retentissent, *Viva el Emperador mexicano! Viva la Emperatriz Carlotta!* Les larmes de reconnaissance lui viennent. Rien n'est perdu! Leur règne ne fait que commencer. La voiture poursuit sa route, Maximilien salue mollement, Charlotte se penche par la fenêtre. Pour exprimer sa reconnaissance, elle agite son mouchoir et soudain le vent l'emporte, il s'envole et retombe doucement sur le sol, entre les fleurs. Par superstition, elle s'en effraie d'abord. *SEMPER FIDELIS.* C'est comme si elle avait jeté la promesse impériale aux orties. Un officier s'approche :

« Vous avez perdu quelque chose, Votre Majesté ? »

Elle secoue la tête. Elle ne veut pas qu'on arrête le convoi, ne veut pas se retourner, elle veut partir le plus vite possible. Ce n'est pas une fuite, c'est un déménagement.

« Non, rien. *Gracias.* »

Elle rentre sa tête dans la voiture. Elle imagine la surprise d'un gamin en haillons qui se penche et trouve le mouchoir sur la terre. Elle le voit saisir l'objet, le serrer dans son poing, courir vers sa mère les pieds nus, *madre, madre!* La femme n'en croit pas ses yeux, elle examine l'ouvrage, la finesse de la dentelle, la broderie minutieuse qui trace des lettres qu'elle ne sait pas déchiffrer. Elle le porte à son nez, sent le parfum de violette, pour sûr ça appartient à une dame de la haute, elle se tourne vers l'enfant : Où as-tu trouvé ça, Pedro, tu ne l'as pas volé au moins? Le gamin secoue la tête, il jure, crache sur le sol. Alors la mère cache l'étoffe dans son corsage, puis elle se ravise, son mari est si jaloux, si possessif, il verrait l'offense là où elle voit le maïs, le lait, la chèvre qu'ils vont pouvoir acheter. Elle le place sous le grabat où elle dort puis pose un doigt sur ses lèvres, *silencio*, murmure-t-elle à l'enfant qui sourit.

Ou bien c'est un soldat français qui n'en croit pas ses yeux, un mouchoir de dentelles, dans ce pays si pauvre, si violent, c'est incongru. *SEMPER FIDELIS*, il ne sait pas très bien ce que ça signifie, de vieux souvenirs lui reviennent, les cours de latin chez les Jésuites, dans une pension à Arras où son père l'avait envoyé pour son instruction. Il caresse l'étoffe, la hume, un parfum de violette, ça lui rappelle son pays, Calais, les brodeuses, de vieilles ritournelles où l'on célèbre la douceur de vivre, cette fraîcheur du printemps dans les campagnes françaises… Un instant, il oublie les mois passés sur cette terre brûlée à se battre dans un désordre perpétuel, sans plus savoir pour qui ni pour quoi, pour la France, pour les Bonaparte ou les Habsbourg, contre les républicains, contre les Américains, contre les Mexicains eux-mêmes qui ne comprennent pas qu'on les tue pour leur bien. À force de rêver la tête lui tourne, il va s'asseoir au pied d'un arbre, il a chaud, il s'affaisse, il est pris d'un haut-le-cœur, il porte la main à son front brûlant, l'éponge avec le mouchoir, mon Dieu, pourvu que ce ne soit pas le *vomito negro*.

Mais peut-être que personne n'a ramassé le mouchoir de l'impératrice, ni soldat ni enfant qui ne regardent jamais le sol mais avancent droit devant eux, les yeux plissés, aveuglés par la lumière crue du soleil. Les sabots des chevaux l'ont piétiné, les roues des carrosses écrasé. Les galoches et les bottes ont terminé de le déchirer. Et c'est peut-être ainsi que finissent les serments, les *SEMPER FIDELIS* de ceux qui vous envoient dans un monde inconnu en jurant la main sur le cœur, vous pouvez être sûre que mon appui ne vous manquera pas.

29.

Dimanche 19 juin, le soir
Cherbourg

Théodore Coupet remonte lentement les quais. Son train part dans quatre heures, le temps de revenir à l'hôtel, le temps de rédiger une amorce, de mettre sur le papier ses idées les plus pressantes. Le temps de faire ses valises, de régler sa note, de quitter l'auberge. Le temps de tuer le temps.

Mathilde lui a donné rendez-vous sur la plage, devant les cabines mauresques, à 20 heures… Elle n'a pas voulu lui dire adieu sur le quai de la gare. Trop de monde, trop de bruit, c'est ce qu'elle a expliqué. Peut-être a-t-elle craint l'euphorie du retour, la précipitation, les souvenirs et les regrets de ceux qui n'en ont jamais assez, qui auraient espéré plus de plage, plus de jeux, plus de soleil et de plaisirs, avant de retrouver l'étroitesse de leur vie quotidienne. Peut-être voulait-elle éviter aussi de ressembler à un de ces couples que le hasard d'une rencontre a jetés sur la plage. Elle redoutait les romances qui s'ébauchent, les baisers qui s'échangent, les promesses jamais tenues par des marins trop pressés. Elle a préféré la plage où ils se sont rencontrés, celle des Mielles. La gare n'est pas loin, ils pourraient y aller ensemble. Il lui en est reconnaissant. Il n'aurait pas voulu que leurs derniers mots se perdent dans le bruit des machines, les coups de sifflet du chef de gare, les nuages de vapeur lâchés par la locomotive, et tous ces lieux communs débités par des faux poètes à qui la mer a donné des idées d'infini.

Il plie ses habits dans la valise de cuir, soigneusement. Il n'est pas pressé, il ne veut rien brusquer. Lorsqu'ils ont trouvé devant la porte de l'immeuble les paniers vides déposés par Zélie, ils ont compris que l'ouvrière était partie avec l'argent, qu'elle ne reviendrait jamais distribuer les bénéfices aux gagnants. Il leur restait les pièces qu'elle avait collectées au parterre, près de cinquante mille francs dont ils ne savaient pas quoi faire, qu'ils n'osaient pas même toucher. Ils sont restés longtemps ainsi, étonnés et muets devant ce butin arraché à la crédulité de la foule. Ils tendaient l'oreille, craignaient un scandale des parieurs mécontents. Après tout, on avait vu l'ouvrière rentrer dans leur appartement de l'avenue de Paris, des paniers pleins de pièces sous les bras. Mais le naufrage de l'*Alabama* avait dégrisé les hommes. Peut-être entrevoyaient-ils ce que ce pari avait d'immoral, peut-être étaient-ils trop honteux pour se sentir floués. À moins qu'un pragmatisme ne les ait invités simplement à profiter des heures qu'il leur restait avant le retour à Paris, à jouir de la plage, des plaisirs de la côte, sur lesquels le combat jetait une ombre tragique qu'ils préféraient effacer par une amnésie commode. Quand on n'a qu'un jour de congé par semaine, on serait bien bête de le gâcher pour quelques pièces perdues, pas vrai ? C'est quand les Parisiens se sont dispersés qu'elle s'est agenouillée devant le panier pour commencer à faire les comptes.

Entre deux chemises, il glisse le sac rempli de pièces qu'elle lui a remis. Il a voulu refuser, elle avait besoin de cet argent, lui non. Mais il a deviné à son regard qu'elle en serait blessée. Ils avaient fait un pacte, ils devaient partager cet argent gagné sur la bataille, sur le dos des morts, pour diviser en deux le poids de la faute. Il devait prendre sa part. Avant de quitter l'appartement, il lui a proposé de venir à Paris avec lui. Quelques jours, le temps qu'on oublie cette histoire de pari. Il valait mieux disparaître pour éviter une enquête. Ou du moins des soupçons, des rumeurs désagréables. C'était commode, cette façon de déguiser le désir qui le tenaillait, celui de rester près d'elle, d'avancer toujours dans le sillage de son eau de Cologne. Il a dit ce serait mieux pour vous, plus prudent. Bien sûr, il fallait qu'elle y réfléchisse, c'était si soudain, sa fortune, ce voyage… Il ne voulait pas la brusquer. Elle s'est contentée de sourire. Un sourire, ce n'est pas une réponse. Ça peut être oui, ça peut être non, et entre ces deux pôles son bonheur depuis est en ballottage. En descendant l'escalier de l'auberge, il compte les marches, il s'accroche à des superstitions puériles, si la dernière tombe sur un chiffre pair, elle viendra. *Dix-huit, dix-neuf*, il est en bas. *Dix-neuf*. Ça ne veut rien dire.

Seule derrière le comptoir, la patronne du Lion d'Or a envie de bavarder un peu. Elle n'a rien vu de la bataille, elle tenait la boutique.

« Je vous offre une bolée de cidre ? »

Théodore décline, non merci, je suis attendu. La femme lui adresse un sourire complice. Elle devine une idylle comme il a dû s'en nouer sur la falaise et sur les quais à la faveur de la bataille. Rien de mieux que le spectacle de la guerre pour précipiter l'amour ! Il rougit un peu, non ça n'a rien à voir. Il tend un tas de pièces, le compte y est je crois. Elle recompte lentement la monnaie en observant la foule qui s'égaille dans les rues de Cherbourg, en direction du casino. Des marins rejouent la bataille, des messieurs en habit spéculent sur la mort de Semmes. La patronne du Lion d'Or hausse les épaules. Voilà bien les hommes ! On leur construit un casino, des cabines de bain flambant neuves, des installations de luxe comme on n'en a jamais vu dans le Cotentin, et voilà le résultat ! Ils vous tournent le dos pour regarder des navires qui s'empoignent comme du temps des Romains ! Une naumachie ! Tu parles d'un progrès ! Napoléon pourra transformer Paris de fond en comble, proclamer que son pays est le plus moderne d'Europe, les hommes n'en garderont pas moins la passion des vieilles querelles, des règlements de comptes à coups de mitraille. Au lieu des feux d'artifice, donnez-leur donc des obus ! Théodore pose sa clef sur le comptoir, sans doute, il balbutie des remerciements et s'élance vers la plage, poussé par une force irrésistible. Mathilde des Ramures l'y attend. C'est à elle uniquement qu'il voudrait parler.

30.

Il arrive essoufflé devant les cabines mauresques où ils ont rendez-vous. Évidemment elle n'y est pas. C'est trop tôt. Il n'aurait pas dû courir comme ça, maintenant sa chemise colle à son dos, ses chaussures sont pleines de sable. Une porte grince et laisse passer une femme en costume de bain. Elle a abandonné les oripeaux de la civilisation – la crinoline, les bottines, les bas, le corset – pour ressortir vêtue d'un simple pantalon de coton couvert de jupons blancs, d'une blouse ample, la tête coiffée d'un bonnet, presque nue, en somme. La femme a l'air crâne, elle lui lance un regard vif comme un défi. Il détourne la tête, décide de tromper son impatience dans les jardins du casino où la foule s'égaille pour la plus grande satisfaction du directeur des bains.

M. Alwood se réjouit : les Parisiens sont enfin disposés à laisser un peu d'argent sur les tapis verts de son établissement. Mais il n'est pas dupe : de l'argent, les visiteurs en ont moins à cette heure-ci. Ils en ont laissé aux pêcheurs qui louaient leurs barques, aux Cherbourgeois qui prêtaient leurs balcons avec vue sur mer, aux camelots qui vendaient des éventails, des jumelles, des ombrelles, toute une marchandise pour améliorer le confort des spectateurs… Un bruit court qu'un pari a même été organisé, que les mises ont été empochées par une gamine aux cheveux blonds qui serait partie avec la caisse avant la fin des combats, ni vu ni connu…

Théodore fixe sa valise où se trouve le sac plein de pièces. Il ne lui en coûterait pas de l'abandonner sur le muret, au pied d'un palmier, tenez, servez-vous, cet argent vous appartient. Mais ce que sa conscience gagnerait d'un côté, elle le perdrait de l'autre en trahissant Mathilde. Il lui faut être immoral aux yeux des hommes pour ne pas l'être aux siens. Plus qu'une heure à l'attendre… Il jette un regard circulaire sur les jardins où des marins aux intentions légères courtisent des femmes rêveuses. On devine qu'ils se sont connus dans la journée, qu'ils se sont rencontrés sur la montagne du Roule, à la faveur de la bataille navale – il a dû commenter pour elle les manœuvres de l'*Alabama*, expliquer les détails techniques des pièces d'artillerie, donner les noms des canons, les calibres, des choses qui ne l'intéressaient pas mais qu'elle faisait semblant d'écouter pour lui plaire. Ou bien c'était plus tard, sur la plage des Mielles, elle regardait du rivage les intrépides qui allaient se baigner, tout le manège déployé pour ne pas choquer la pudeur – les cabines mobiles tirées par les chevaux, les grandes tuniques blanches –, il s'était planté devant elle, il me semble vous avoir croisée au Bon Marché, au rayon des gants peut-être ?

Soudain, une rumeur le tire de ces rêveries, son visage se tourne vers la grille d'entrée où pénètre le vice-amiral Dupouy, accompagné de plusieurs notables de la ville parmi lesquels il reconnaît le maire de la ville, le sénateur de Tocqueville, le baron Pron, M. Octave Feuillet et son épouse. Le journaliste s'approche discrètement mais personne ne fait attention à lui, les hôtes sont trop occupés à interroger le préfet maritime sur les suites du duel. Ils veulent tout savoir. Dupouy s'en donne à cœur joie, il met en scène les sauvetages, raconte des détails de blessures, des histoires de bras sectionnés, le courage des hommes. Mais ce qui intéresse l'assemblée, c'est surtout le sort du capitaine Semmes : est-il vrai qu'il est blessé à mort, qu'un boulet de canon a emporté ses deux jambes, qu'il est désespéré ? Théodore tend l'oreille, saisit son carnet pour y noter les réponses du vice-amiral. Mais celui-ci oppose aux curieux un sourire énigmatique. Il attend d'être installé confortablement dans un des petits salons du casino, assis dans un sofa où on lui apporte son whisky. Le public qui l'entoure se tait. Seuls les cris des croupiers fendent le silence de leurs ritournelles, *rien ne va plus*, *faites vos jeux*, *rouge*, *impair et passe*. Le vice-amiral avale une lampée de whisky, prend une longue inspiration puis confie au cercle mondain les détails du sauvetage du capitaine que John Lancaster a recueilli sur son yacht.

Entier mais à bout de forces, le Lion des mers a supplié l'équipage du *Deerhound* (le vice-amiral Dupouy prend une longue inspiration pour contrefaire l'accent américain) : « Pour l'amour de Dieu, ne me livrez pas au *Kearsarge*, gardez-moi sur votre yacht et mettons le cap sur l'Angleterre. »

Valérie Feuillet, visiblement émue, se récrie :

« Alors, il est parti ? Nous ne le reverrons plus jamais ?

— Ah ça, madame, je ne le crois pas ! Le yacht de lord Lancaster a profité de la confusion pour mettre le cap sur l'île de Wight. Il m'a envoyé un télégramme pour me confirmer qu'il avait sauvé de la noyade le capitaine, onze officiers et quarante-deux marins sudistes. Bien sûr, il ne m'appartient pas de m'exprimer sur le sort de ces malheureux, mais je crois qu'il a bien fait. Il est certain que le capitaine Semmes sera plus en sécurité en

Angleterre que sur le pont du *Kearsarge*. Il s'est montré très contrarié lorsqu'il a appris la raison de sa défaite…

— C'est-à-dire ? »

Dupouy fait signe de se rapprocher et déclare à mi-voix :

« La coque du *Kearsarge* était protégée d'énormes chaînes de fer cachées derrière un soufflage en bois. Voilà pourquoi les boulets sudistes rebondissaient sans atteindre leur cible ! Treize projectiles lancés n'ont jamais pu pénétrer dans la coque ! »

On ouvre de grands yeux, on se dévisage, abasourdis… Une cotte de mailles dissimulée par un trompe-l'œil… Il fallait y penser. Théodore prend note. Et comment a réagi Semmes ?

« Ma foi, le capitaine a beau être un gentleman, il n'a pas toujours le flegme de nos amis d'outre-Manche. John Lancaster m'a affirmé qu'en l'apprenant, le capitaine sudiste avait, de dépit, jeté son épée dans l'eau.

— Quoi qu'il en soit, intervient le maire de la ville, le capitaine Semmes a peut-être perdu son navire, mais il n'a pas perdu son honneur ! »

L'assemblée approuve la formule. L'imagination romanesque de Mme Feuillet se représente l'épée coulant lentement dans les profondeurs, rejoignant l'épave de l'*Alabama*, ses canons, ses noyés. Théodore demande à son tour :

« Dites, amiral, on prétend que le capitaine Winslow a recueilli à son bord plus de cinquante marins et pas moins de cinq officiers, sait-on ce qu'ils vont devenir ?

— Eh bien… Comme le prévoient les lois de notre pays, un navire belligérant n'a pas le droit de mouiller dans un port neutre avec des prisonniers. Vous le savez, le *Kearsarge* est entré cet après-midi dans le port de Cherbourg où il doit subir des réparations… J'ai donc exigé du capitaine Winslow qu'il libère les cinquante-deux marins et cinq officiers recueillis, le temps qu'il restera à quai. Si mes sources sont bonnes, ils ont été débarqués dans la soirée, contre leur parole de remonter à bord lorsque le *Kearsarge* lèvera l'ancre. Quant à savoir le sort qui leur sera réservé après leur départ… je préfère ne rien dire. Surtout en présence des dames », ajoute-t-il à mi-voix en mimant une pendaison.

Le journaliste hoche la tête, Valérie Feuillet blêmit. La femme du maire intervient :

« Mon cocher m'a affirmé que le capitaine Winslow parade dans la ville, les pistolets à la ceinture et le visage noirci de poudre…

— Que voulez-vous, répond le baron Pron, c'est lui le vainqueur ! Après tout il a aussi droit à son heure de gloire… »

Cette affirmation laisse l'assemblée songeuse. Bien sûr, les officiers unionistes n'ont pas manqué de courage. Et la courtoisie voudrait qu'on leur fasse bon accueil. Mais personne à Cherbourg ne s'imagine recevoir les officiers yankees à sa table après avoir souhaité leur défaite.

« La courtoisie a les limites que lui fixe la morale », résume Octave Feuillet.

Les autres approuvent la formule d'un hochement de tête admiratif. La baronne applaudit, il n'y a pas à dire, les académiciens vous troussent ça comme personne.

« Et les blessés, amiral, que vont-ils devenir ? demande la femme de l'écrivain.

— Oh, pour ceux-là, madame, n'ayez pas d'inquiétude ! assure le préfet. Ils sont soignés à l'hôpital de la Marine… Quatorze blessés : onze sudistes, trois Yankees… Nous espérons qu'ils s'en sortiront. En attendant, ce repos forcé leur fera le plus grand bien. Vainqueurs et vaincus sont couchés dans des lits voisins et font l'objet des mêmes soins, c'est une excellente occasion de fraterniser et d'oublier un peu les discordes civiles dont ils sont les victimes… »

Cette belle conclusion qui mêle les sentiments d'humanité à l'espoir d'une paix prochaine satisfait l'assemblée. Assez ! On a soudain envie de passer à autre chose, de retrouver la gaieté et l'insouciance de ce beau jour de juin. Les accords d'une valse parviennent jusqu'au petit salon. Le sénateur de Tocqueville invite Mme Feuillet, l'académicien tend la main à la femme du maire. Théodore est rendu à sa solitude. Il range son carnet et réalise soudain le temps qu'il vient de passer dans le casino. Quelle heure est-il ? Mathilde doit l'attendre sur la plage. Avec ou sans bagages ? *Faites vos jeux !* Il ferme les yeux. Si la prochaine personne qui entre dans la pièce est une femme, elle viendra avec lui… Il ouvre ses paupières, aperçoit une robe blanche dans l'encadrement de la porte. *Rien ne va plus !* Le sang se met à battre dans ses tempes et son cœur accélère tandis qu'il court à toute allure vers les cabines de bain.

Resté seul, le vice-amiral Dupouy soupire. Nouvelle lampée de whisky. Si seulement ils savaient… Si tout était aussi facile… Lui devine toutes les difficultés qui l'attendent à présent, l'extrême complexité de sa position, les télégrammes à envoyer, les comptes rendus, le rapport au ministre. Il paraît que l'empereur est fâché de la situation, qu'il lui reproche d'avoir forcé l'*Alabama* à quitter le port. Chasseloup-Laubat lui a télégraphié six fois cet après-midi, il veut des précisions, faites constater le point où l'Alabama a coulé, informez-moi des mouvements du fédéral, quel vapeur aviez-vous expédié, pourquoi nos bâtiments n'étaient-ils pas prêts pour porter secours aux blessés ? Il exige des détails, il aura des démentis dont Dupouy commence à rédiger les premières phrases, *je vous assure, Monsieur le ministre*… Non : *J'éprouve le besoin, Monsieur le ministre, de constater que nous avons satisfait à tous les besoins que la plus stricte neutralité nous impose – la plus stricte*, en caractères gras. Quant aux victimes dont on lui demande la liste exhaustive, il faudra attendre encore un peu… Il ne connaît pas officiellement leurs noms, ni même leur nombre – vingt-neuf, trente ? Restera ensuite à résoudre l'épineuse question de la sépulture… Un autre whisky, s'il vous plaît !

Un bruit éclate, un coup de fusil, la mitraille qui recommence. Auguste Dupouy se redresse, se précipite hors du casino, que se passe-t-il encore ? Il entrevoit des heurts dans la ville, des règlements de comptes entre les prisonniers du *Kearsarge* et ceux que l'*Alabama* a débarqués en arrivant au port… La sauvagerie du Far-West dans les rues de Cherbourg. Alwood le rassure, ce ne sont que des gamins qui lancent des pétards sur la plage. Il respire, s'éponge le front. Il se sent las. Toute cette agitation ne lui vaut rien. Vivement que tout ce monde-là reprenne la mer et aille régler ses querelles sur le sol américain. Dès demain, il expédiera les prisonniers dans un autre port. Pour l'heure, il va demander au capitaine des gendarmes de surveiller de près les cinquante Américains en liberté provisoire. Du reste, l'excitation qui règne dans la ville depuis une semaine est excessive.

D'un pas fatigué, il traverse les jardins fleuris sans un regard pour les couples enamourés, l'éclat des réverbères.

Un léger vent d'ouest s'est levé. Derrière les baies vitrées, la crinoline de Valérie Feuillet tournoie sous le grand lustre. Le directeur des bains propose d'appeler un fiacre pour le raccompagner chez lui. Non merci, sans façon. Il va rentrer par la plage, l'air frais lui fera du bien. Il se sent très vieux tout à coup. Et vide. Comme si, en sombrant, le navire sudiste avait emporté ce qui restait de ses illusions de gentilhomme.

31.

Au même moment
Mexico

Le pantalon rouge, la veste bleue, les boutons dorés, les bottes de cuir : quand s'éloigne l'équipage impérial, les uniformes français sont couverts de cette terre sèche et volatile des routes, comme un *Memento, homo, quia pulvis es, et in pulverem reverteris*, « Souviens-toi, homme, que tu es poussière et que tu redeviendras poussière ». Le général Bazaine époussette son habit : il connaît la leçon, merci. Depuis deux ans qu'il combat dans ce pays, il sait que tout est voué à disparaître. Mais à l'heure où le convoi s'éloigne en direction de Chapultepec, il se sent soulagé, presque heureux. Un instant il a cette impression de s'être débarrassé du couple impérial, ce boulet que Napoléon lui a attaché au pied.

Il sait pourtant que ce n'est qu'illusion, comme tout ce qui vous réjouit sous le soleil de ce pays maudit : les conquêtes, les victoires, tout est éphémère, tout s'évapore dès que le nuage de poussière se dissipe. Combien en a-t-il pris, des villes, des villages, combien en a-t-il occupé ? Dès que ses soldats en sortaient, la population acclamait les guérilleros qui y pénétraient sur leurs talons. À Maximilien, Achille Bazaine a affirmé qu'il contrôlait une zone de huit cents kilomètres autour de Mexico. Poudre aux yeux : il sait bien qu'en ce pays, la terre qu'occupent les Français se limite à la surface de leurs semelles. À présent, l'armée française court derrière des troupes fantômes qui ne cessent de se dérober devant elle. Juárez lui-même, qu'il voudrait rejeter définitivement au-delà du Rio Grande, semble s'évaporer comme un mirage à chaque fois qu'il s'en approche.

Quia pulvis es, et in pulverem reverteris, se répète le général en crachant dans son mouchoir pour faire briller ses médailles. D'abord, il a cru que la solution se trouverait dans cet empereur tout neuf que Napoléon avait choisi. Il a mis ses espoirs dans ce rejeton d'une vieille dynastie d'Europe, ce Habsbourg qu'on attendait comme le Messie. À force de plébiscites, de persuasion, de batailles, il a tenté de préparer le pays à ce règne dont personne ne voulait. L'équilibre était fragile mais avec beaucoup d'intelligence et de stratégie, la chose aurait pu tenir. Maintenant, il sait que c'est peine perdue. Maximilien est un falot dont les préoccupations se limitent à dessiner les uniformes de cérémonie et à distribuer des charges honorifiques aussi somptuaires que ridicules. Des officiers de bouche, quand il n'y a rien à manger. Des écuyers, quand il n'y a plus que des mulets. C'était encore plus facile d'assurer la régence d'un empereur absent que d'être au service d'un empereur aveugle et sourd. Le palais de Chapultepec sera sa nouvelle tour d'ivoire. Maximilien pourra y collectionner ses papillons et y donner des bals sans entendre le peuple qui gronde, les bandits qui détroussent, les Français qui meurent pour lui. Pendant ce temps, les ministres et les officiels pourront retourner à leur prévarication, à leurs rapines ordinaires, au détournement des rares deniers publics. Évidemment, si sa femme régnait, ce serait peut-être différent… Elle est d'une autre trempe. Encore qu'elle peut faire peur avec ses accès brusques de mélancolie et ces regards inquiets qu'elle jette autour d'elle, comme si elle devinait confusément qu'elle ne règne pas sur un pays, mais sur un guêpier.

Bazaine range son mouchoir dans sa poche et allume sa pipe. Qu'est-ce qu'il fout là ? Cette question, il la devine chez chacun de ses soldats, à qui on a promis qu'ils allaient faire la guerre à une faction et qui découvrent qu'ils combattent tout un pays. Bonapartistes, républicains, ces hommes qui se sont battus en Italie et en Crimée pour la liberté se retrouvent les fourriers d'un pouvoir aristocratique et clérical, en contradiction avec leurs idées et leurs traditions. Bazaine a beau avoir été promu général, il n'a pas oublié le temps où il était un simple soldat au 37e régiment de ligne. Il en a gardé une simplicité bon enfant, le sens de la camaraderie, le goût des bivouacs. Il comprend le désenchantement de ses hommes. Même, il le partage. Vivement que cette comédie se termine et qu'ils rentrent tous en France. Quelle chaleur ! Le soleil l'aveugle, il cligne des yeux pour distinguer le convoi qui s'éloigne. Il pense à l'Algérie. Tlemcen, Oran, Sidi Bel Abbes… C'était le bon temps ! Les bureaux arabes, la reddition d'Abd el-Kader : il a cru que son expérience africaine lui serait utile. Mais elle ne lui est d'aucun secours sur ce continent qui ne ressemble à aucun autre…

Les voitures ont disparu, le nuage de poussière se disperse. Si ce mauvais rêve pouvait se dissiper aussi vite… Il attend le courrier de Napoléon qui lui ordonnera de rentrer avec armes et bagages. Il espère son parjure, il l'appelle de ses vœux. Le plus tôt sera le mieux.

Car, quand l'Amérique en aura fini avec sa guerre de Sécession, elle volera au secours du Mexique et soufflera alors sur cet empire de pacotille. Il s'effondrera comme le décor d'un théâtre, dans un fracas qui retentira jusqu'en Europe. Et tout redeviendra poussière.

32.

Dimanche 19 juin
Cherbourg

Il court et c'est difficile à cause du sable qui s'infiltre dans ses guêtres, de sa valise alourdie par son butin. À cause du monde aussi, tous les Parisiens qui regagnent la gare, les bras chargés de paniers, les poches pleines de coquillages. Les enfants veulent rapporter du sable à Paris, leurs bonnes se fâchent, les jeunes filles avancent d'un pas traînant, c'est dommage de repartir si tôt, sans même voir le coucher du soleil… Il joue des coudes, il dit pardon, pardon, laissez-moi passer s'il vous plaît… La ville est pleine de cris, de rires, de mots américains. Les marins du *Kearsarge* fêtent leur victoire avec de la bière et des filles de Fermanville. *Sorry, let me go please…* Il court toujours et soudain il l'aperçoit, immobile parmi la foule qui se presse, fouillant le sable de la pointe de son ombrelle. Elle a l'air triste et rêveur dans le soir qui tombe. Il l'appelle et elle se retourne d'un mouvement vif. Alors ils sont tous les deux face à face, au milieu des voyageurs qui poursuivent leur transhumance vers la gare, au milieu des gamins qui jettent des pétards dans le sable, des couples qui songent à l'été, on reviendra, c'est sûr… Il cherche du regard une valise, un sac qui trahirait ses projets mais il n'y a rien à ses pieds, que le sable où se plante son ombrelle. Il comprend qu'ils n'iront ensemble ni là-bas ni ailleurs ; ses espoirs coulent comme un navire qui s'enfonce dans l'eau par la poupe, lentement, silencieusement. Pour désamorcer l'émotion qui l'étreint, il essaie de prendre un air détaché et demande d'un ton badin :

« Alors, quel effet cela fait-il d'être riche ? »

Elle hausse les épaules, elle est riche, c'est vrai, mais cette pensée est entachée des origines de cette fortune.

« Vous pourrez payer la dot, maintenant… hasarde le journaliste.

— Oui… à condition que Palmyre veuille toujours se marier…

— Elle a changé d'avis ? »

Mathilde secoue la tête.

« Je crois qu'elle n'a jamais eu d'avis… Il me semble qu'il est temps que je lui demande ce qu'elle veut vraiment. »

Il sourit. Un instant, il voudrait la prier de le prévenir si le mariage est annulé, mais aussitôt, sentant tout ce que cette supposition a d'inconvenant, il se reprend. C'est elle qui suggère :

« Peut-être que vous la verrez avant moi, dans une soirée mondaine, un bal…

— Je ne couvrirai plus de soirées parisiennes…

— Non ?

— Avec ce que j'ai là, ajoute-t-il en désignant son article rangé dans sa serviette de cuir, je vais enfin passer aux affaires politiques, peut-être même dans la rubrique internationale ! »

Il s'entend et il se déteste. Il a honte de ce discours grandiloquent, tellement prétentieux… Le sourire de Mathilde pourtant n'est pas méprisant, on dirait qu'elle comprend sa joie, sa revanche un peu puérile. Peut-être même qu'elle la partage.

« Je vous lirai, quand je serai à Paris… Je ne sais pas encore quand au juste. »

Cette phrase achève son naufrage.

« Alors, vous ne rentrez pas ?

— Non, je vais rester un peu ici. J'ai tout mon temps maintenant…

— Je comprends. »

Il comprend, mais il souffre. Une douleur nettement localisée dans la poitrine. Elle a tout son temps et lui est si pressé. De rentrer à Paris, de publier son texte. Il est pressé d'être célèbre, que sa carrière décolle, que commence la vraie vie. Il lui semble qu'ils se font signe de chaque côté d'une route invisible qu'ils emprunteraient en sens inverse. Il pense à l'appartement de l'avenue de Paris, au chat, aux lettres éparpillées, au grand lit de bois où elle dormira seule… Que va-t-elle faire à présent ? Comme si elle devinait sa question, elle précise :

« Je vais rendre visite aux soldats américains, à l'hôpital. Je paierai leurs soins… »

C'est son acte de contrition à elle, une façon d'employer l'argent illégalement perçu, de laver ses scrupules dans une bonne action. Leurs regards se tournent vers la rade où le navire yankee a remplacé l'*Alabama*. Winslow a hissé le grand pavois et le pavillon des États-Unis à la tête de chaque mât et à la corne de brigantine. Le vainqueur veut qu'on le voie. Il veut qu'on sache que cette victoire est prémonitoire, qu'elle en annonce une autre, définitive, écrasante qui mettra la Confédération à genoux et rendra aux esclaves la pleine possession de leurs existences.

« Avec ce que vous avez, vous pourrez même payer les sépultures des morts… Il paraît qu'on leur a réservé un carré dans le cimetière des Aiguillons… »

Mais elle, devenue soudainement grave :

« Ce doit être atroce, vous savez, de mourir loin de son pays… »

Une ombre passe sur son visage, comme si cette image en rencontrait une autre, celle des soldats français tués au Mexique, leurs corps abandonnés sur des routes inconnues. Il regrette son ironie facile, et aussi d'avoir ramené entre eux l'ombre du mari.

« Pas de nouvelles du capitaine des Ramures ? »

Elle secoue la tête.

« Ça ne veut rien dire », répond-elle d'une voix blanche.

Elle a raison, ça ne veut rien dire. Le couple impérial vient d'arriver à Mexico. Du reste, il faut quatre semaines pour qu'une lettre parvienne jusqu'en France… Un silence se fait, épais de tous les mots qu'il retient. Un silence de serments tus et de désirs meurtris, un silence où viennent crever ses rêves inutiles. Une bande de jeunes échevelés passent devant eux en criant, il leur reste cinq minutes pour rejoindre la gare, ils vont rater leur train ! Mathilde fronce les sourcils.

« À quelle heure part le train de plaisir ?

— À 8 h 45.

— Heure de Paris ?

— Bien sûr ! »

Mon Dieu… Mais alors il quitte Cherbourg à 8 h 25 !

« Comment ça, comment ça ? répète Théodore affolé en empoignant sa valise.

— L'horloge de la gare est réglée sur le méridien de Paris, c'est-à-dire avec vingt minutes d'avance sur l'heure de Cherbourg ! »

Il lui jette un regard effrayé. Il devrait partir, il devrait se mettre à courir maintenant, il devrait prendre la direction de la gare, ses jambes à son cou. Mais il ne peut détacher son regard de son visage, cet air un peu éperdu, ses yeux où il devine sa solitude. Il a vers elle un geste de noyé, brusque, désespéré, il entoure ses épaules et la serre un instant, si fort qu'il ne respire plus, d'ailleurs tout en lui est serré pareillement, sa gorge, sa poitrine, peut-être même son cœur s'est arrêté de battre ? Elle se dégage de son étreinte, sort de son corsage une enveloppe.

« Pourrez-vous remettre cela à Palmyre ? Son adresse est dessus. »

Il promet puis se met à courir dans le sable en direction de la gare. D'abord elle l'accompagne, puis elle ralentit sa course et s'immobilise. Il agite la main dans les airs sans s'arrêter ni se retourner.

« Adieu, Mathilde !

— Au revoir ! », crie-t-elle d'une voix étranglée.

Elle crie d'autres choses mais il entend mal, peut-être bonne chance, peut-être nous nous reverrons, peut-être ces mots qu'il aime s'inventer maintenant qu'il est assis, dans ce compartiment de première classe, avec des voyageurs épuisés mais ravis, entre le casino et la bataille navale, on en a eu pour son argent, hein ? Il tourne sa tête vers la fenêtre, déjà le port s'éloigne, la ville rétrécit, c'est la campagne, les prés, les champs où tombe le crépuscule. Les conversations s'épuisent, les voyageurs se taisent, comme saisis de cette mélancolie diffuse qui suit les fêtes trop réussies. Lui est las mais pas triste, presque pas. Dans le secret de sa veste, sous la soie de la poche intérieure, il sent son cœur enfler contre l'enveloppe qu'elle lui a donnée pour Palmyre, une enveloppe gonflée de billets, qui porte son parfum.

Épilogue

1er juillet 1867
Paris

Les Normands qui débarquent à l'aube à Saint-Lazare sont étourdis par la foule qui se presse sous les grandes verrières où résonnent les coups de sifflet du chef de gare. Au milieu des nuages de vapeur lâchés par la locomotive, on s'invective, on se bouscule pour rejoindre l'Exposition universelle que Napoléon III a inaugurée en grande pompe il y a trois mois. Il paraît que la France rayonne sur le Champ-de-Mars, où elle éclabousse de sa puissance le reste de la planète béat, abasourdi par tant de splendeur et de modernité. À ce Paris éternellement gai, l'empereur a promis une fête de sept mois, pour célébrer l'acier, la finance et les beaux-arts. Bourgeois, artistes, aventuriers, notables, ouvrières en goguette, vide-goussets, tous veulent en être.

Mais quand on vient de Cherbourg où les rares plaisirs de la ville se nichent sous les ailes du casino, on craint de se perdre dans les avenues grouillantes, on s'inquiète d'être écrasé par l'abondance et, comme le répètent les journaux, « *la force du génie national* ». Heureusement, une ligne de train directe a été spécialement aménagée pour acheminer les voyageurs depuis la gare jusqu'au Champ-de-Mars, à proximité de l'immense palais de Cristal. Les visiteurs s'y engouffrent, guidés vers le département français par l'odeur des savons, des parfums, et le ronflement des machines nouvelles qui suscitent l'étonnement et l'admiration : monte-charge hydraulique, fabrique de boutons, de pianos, de glace artificielle. Les Normands hochent la tête d'un air entendu, il n'y a pas à dire, c'est tapé. Arrivé au département américain, un frisson parcourt l'assistance stupéfaite devant les drôles d'inventions baptisées « ascenseurs » ou « scaphandres », et ces hommes crânes débarqués de New York qui vous font l'article comme à la foire de Querqueville. Sacredieu, est-ce que ces Yankees finiraient par en remontrer à la France ? On se rassure en pensant que le pays occupe la moitié de la galerie des Machines, quand les Américains piétinent sur quelques mètres carrés. Vrai, on n'est pas près d'être rattrapés par le Nouveau Monde…

Parmi les visiteurs se distinguent les mines sérieuses d'hommes en frac et cravate blanche. Ce sont les héros du jour, les inventeurs, les industriels, les artistes, qui vont être décorés par le couple impérial. Un podium a été dressé dans les jardins, au centre de l'immense cirque métallique. Sur l'estrade, l'empereur, regard voilé, paupières tombantes, semble fatigué. On le dit souffrant, tourmenté par la maladie de la pierre, épuisé par les mois passés à arpenter les allées de l'Exposition, à interroger, féliciter, applaudir à toutes les manifestations du génie français. À ses côtés l'impératrice rayonne, galvanisée par la superbe démonstration de puissance envoyée par l'Empire à la face du monde. Depuis le mois d'avril, elle a accueilli les souverains étrangers venus de Russie, d'Angleterre, de Prusse ou de l'Empire ottoman. Elle a tendu des mains, valsé sous les lustres, reçu des présents du monde entier.

Maintenant, elle distribue des médailles, avec son sourire officiel, celui des grandes occasions. Médailles d'or pour la manufacture Baccarat, les vins de Saint-Émilion, les pianos de Herz. Médailles d'argent pour la papeterie Maquet, les fresques d'une église russe, médailles de bronze pour les roses de Gautreau et la fonte Latscha. Elle a un mot aimable pour chacun, félicite puis appelle de sa voix claire Julie-Victoire Daubié. Silence ahuri dans la foule, liesse chez les femmes regroupées au pied du podium sous une banderole qui proclame l'égalité et le droit à l'instruction. Mlle Daubié, première femme bachelière de France, s'avance d'un pas ferme. Elle esquisse une révérence, l'impératrice épingle la médaille sur son corsage, le Comité féminin exulte. Sous la banderole, on distingue des élégantes, des bourgeoises mais aussi quelques ouvrières en blouses grises et même une ancienne ouvrière textile de Cherbourg, venue tenter sa chance à Paris il y a trois ans, et devenue depuis vendeuse au Bon Marché.

Zélie Tissot secoue la tête. Une médaille de bronze, ce n'est pas grand-chose, mais la femme qui l'arbore devient un porte-drapeau et une espérance. Au rayon ganterie du grand magasin, la fille du forgeron a affermi ses idées d'indépendance à force de voir défiler les clientes qu'on enivre à coups de colifichets et de soldes pour mieux les tenir sous la coupe de la banque et du capital. La servitude des femmes, ce n'est pas seulement celle des ouvrières de Normandie qui se cassent le dos sur les métiers douze heures par jour, c'est aussi l'oisiveté des bourgeoises qui viennent tuer dans les grands magasins les heures qu'elles n'emploieront pas à conquérir leur liberté.

Julie-Victoire Daubié regagne les rangs des décorés, très droite parmi les industriels en frac. Un journaliste s'approche discrètement de la lauréate, accepteriez-vous de dire quelques mots aux lecteurs de *La Vie française* ? Zélie Tissot sursaute en entendant le nom du journal. Elle a connu autrefois un journaliste du même canard, « Copet » ou « Coupet », elle ne sait plus très bien… Il s'était joliment moqué d'elle à l'époque, mais elle ne lui en veut plus de l'avoir abandonnée avec ses paniers pleins de pièces sous un balcon de Cherbourg. Après tout, c'est un peu grâce à lui qu'elle a quitté sa Normandie pour tenter l'aventure parisienne. Même, si elle le revoyait, elle le saluerait volontiers, lui tendrait la main, sans rancune.

Mais elle ne le verra pas car le palais est immense, la foule dense, et Théodore Coupet, responsable des affaires étrangères au journal, se faufile en direction du département belge de l'exposition, l'air soucieux et décidé, comme chaque fois qu'il flaire une information avant ses confrères. Il en est persuadé : si ce que l'on murmure au sujet de l'empereur Maximilien est exact, c'est ici qu'il en trouvera la confirmation, auprès du frère de Charlotte de Habsbourg, Philippe de Belgique, qui préside la section de son pays avec sa jeune épouse. Or le couple princier n'y est pas. Un scientifique, chargé d'offrir aux badauds le spectacle de bactéries à travers un microscope, lève la tête en apercevant le journaliste, il s'éponge le front, essuie ses lunettes dans l'ourlet de sa blouse, non, le prince Philippe n'est pas ici, le couple princier est rentré en Belgique après avoir appris la nouvelle…

« Quelle nouvelle ? », insiste Théodore Coupet.

Mais l'autre hausse les épaules, il reprend ses observations, tourne les molettes de l'appareil et tend au journaliste un exemplaire de la *Gazette de Bruxelles*, si ça vous intéresse…

Le journaliste parcourt l'article de la presse belge. La nouvelle tient en cinq mots, les mots qui ont été télégraphiés à Vienne par l'ambassadeur d'Autriche en poste à Washington : « *L'empereur Maximilien a été fusillé.* » Quand ? Où ? Comment ? Le reste du papier se perd en conjectures, il semblerait que l'exécution ait eu lieu il y a dix jours, peut-être quinze, au terme d'un simulacre de procès dans le théâtre de Santiago de Querétaro. Le journaliste de Bruxelles insiste sur l'attitude de l'empereur déchu, courageux, admirable, et tente dans un récit dramatique de retracer ses dernières heures, l'absolution reçue dans sa cellule, l'alliance léguée à son épouse, le petit muret de briques séchées, le peloton d'exécution, les pièces qu'il a distribuées aux soldats contre la promesse qu'ils ne viseraient pas la tête, et ses derniers mots interrompus par la mitraille, « Vive l'indépendance ! Vive le Mexi… » *Pan !*

En conclusion, l'article s'inquiète du sort de sa veuve, l'impératrice Charlotte, qui n'est jamais rentrée à Mexico, depuis son voyage en Europe à l'été dernier, destiné à lever des fonds pour sa cause, où elle a montré « une fragilité nerveuse accrue par le climat mexicain ». Théodore Coupet hausse les épaules… Fragilité nerveuse, tu parles… Le journaliste, qui a couvert la visite de l'impératrice Charlotte au Vatican, a assisté à ses crises, quand elle était persuadée que le pape, les princes d'Europe, l'empereur, toutes les têtes couronnées voulaient l'empoisonner. Il a vu de ses yeux les accès qui ont provoqué son internement à Miramare, au fond du pavillon du Gartenhaus. Il a lu le diagnostic du médecin aliéniste viennois : « *Démence avec idées fixes de persécution.* » Il en a éprouvé de la pitié et de l'effroi, ce frisson qui vous traverse lorsque des monuments sont engloutis sous vos yeux. Dans ses nuits, il a longtemps entendu les supplications de Charlotte au pape, à l'empereur, sa voix implorante, s'il vous plaît, s'il vous plaît, et il en a été ébranlé car il sait, depuis son voyage à Cherbourg, que c'est ainsi que mendient les reines de ce monde.

Que va devenir la veuve de l'empereur du Mexique ? Qui va se charger de lui annoncer la mort de Maximilien ? Qui lui tendra l'alliance que son mari a confiée à ses bourreaux en suppliant qu'on la remette à sa veuve ? Théodore Coupet revient vers le podium des décorations. Ce qu'il guette pour l'heure, c'est la réaction de Napoléon III et de sa femme. Sont-ils au courant de la mort de Maximilien ? Ont-ils lu la presse belge ? Ont-ils reçu un télégramme, une dépêche ? Le journaliste voit Eugénie remettre les médailles aux exposants, son bonheur manifeste, sa satisfaction… Non, elle ne sait pas. L'empereur, lui, peut feindre, conserver son calme, souffrir en silence derrière ses paupières mi-closes. Mais le tempérament méridional de l'impératrice, pas plus que sa conscience catholique, ne s'accommoderait de l'inévitable culpabilité attachée à cet événement. Tout le monde sait que les souverains français ont abandonné le couple Habsbourg à Mexico, qu'ils ont retiré les troupes et les capitaux devant le fiasco annoncé de leur entreprise. Comment pouvaient-ils ignorer qu'en agissant de la sorte, ils condamnaient à mort l'empereur mélancolique et son épouse trop ambitieuse ? Mais ils ne savent rien, Eugénie sourit à la foule, la fontaine en cristal de Baccarat mesure sept mètres, elle est subjuguée, elle applaudit. Place à la fête, la tragédie attendra en coulisse. Théodore Coupet s'éloigne, l'air sombre, absorbé. Il réfléchit à son papier, au gros titre qu'il fera – cinq colonnes à la une sans doute – et que Mathilde des Ramures lira peut-être, si elle est à Paris… Si elle se souvient encore de lui.

Dans le carrosse qui le ramène aux Tuileries, Napoléon III laisse tomber la *Gazette de Bruxelles* à ses pieds. Ainsi, c'est donc vrai ? Eugénie hoche la tête, un envoyé du Quai d'Orsay est venu confirmer la nouvelle à l'issue de la cérémonie des médailles, elle non plus ne voulait pas y croire. « L'empereur Maximilien a été fusillé. » Le couple se dévisage, bouleversé et coupable, silencieux dans l'habitacle capitonné de la voiture qui traverse Paris. L'empereur prend sa tête entre ses mains. Il est ébranlé. Il y a la tragédie, bien sûr, il y a la faute, le remords, la tache indélébile sur l'honneur français. Mais au-delà de la mort de Maximilien, il devine la teneur de l'avertissement envoyé par le Mexique à la Vieille Europe. Jamais il n'aurait imaginé qu'un Benito Juárez, ce petit berger au teint olivâtre descendu de ses montagnes mexicaines pour chasser l'imposteur, oserait jeter à la face des royaumes d'Europe la tête ensanglantée d'un héritier de la plus glorieuse dynastie de l'Ancien Monde. Quel camouflet, et quel avertissement !

Quel vertige aussi… Une nouvelle ère, dirait-on, s'ouvre pour les peuples, indépendamment des cours européennes, loin de leurs manigances et sans leur consentement. Napoléon ferme les yeux. Les cahots de la route le font atrocement souffrir. Des gouttes de sueur perlent à son front. Il étouffe dans l'habitacle de velours, saturé de poudre de riz et de parfum de violette. Le monde… le monde n'est donc pas ce qu'il s'imaginait. Il ne l'est plus… L'Amérique soudain se dresse, immense, puissante, effrayante sous ses airs démocratiques, avec le cortège de ses six cent mille fils qui se sont entre-tués dans une guerre atroce… On l'avait crue diminuée… Elle en ressort grandie, souveraine, invincible. L'empereur vacille. Et dire que son oncle Napoléon a vendu la Louisiane ! Il ne comprend plus rien.

Près de lui, Eugénie sanglote. Elle pense au regard de l'impératrice Charlotte quand elle est venue aux Tuileries l'été dernier pour réclamer de l'aide, son attitude pitoyable quand elle s'est traînée à leurs genoux, s'il vous plaît, pour l'amour de Dieu, elle, fille de roi, petite-fille de l'ex-roi des Français, aidez-nous, je vous en supplie, ou nous mourrons. Eugénie entend sa voix qui s'étrangle, elle revoit ses larmes. Elle se souvient d'avoir été un peu lâche, un peu cruelle aussi, allons, madame, puisque mon époux vous dit que c'est impossible… Nous ne pouvons plus rien faire pour vous. Mais l'autre ne voulait rien entendre, elle s'entêtait, décrivait une situation intenable, la guérilla, les rebelles menés par Juárez, les ennemis partout, dedans et dehors, et maintenant les Américains, à peine sortis de leur guerre civile, qui juraient de prêter main-forte aux Mexicains pour restaurer leur indépendance… Eugénie a tenté de calmer l'amie devenue soudain importune, elle a prodigué des conseils inutiles, priez, tenez le plus longtemps possible, des prédictions dont personne n'était dupe, le vent finira peut-être par tourner… Charlotte a relevé la tête. Son regard alors… Ce n'était plus celui qui implorait la pitié. Ses yeux étaient pleins de fierté, de fureur, elle était redevenue la fille du roi des Belges, l'épouse d'un Habsbourg, elle méprisait les Bonaparte, ce couple d'arrivistes qui les avaient envoyés à la mort en leur promettant des couronnes de carton, en leur jurant fidélité. Elle n'aurait jamais dû se fier à ces parvenus, elle leur prédisait une chute terrible, et ses imprécations se perdaient sous les voûtes des corridors tandis que des gardes embarrassés la ramenaient de force à la porte des Tuileries.

À ce souvenir, Eugénie se signe. Depuis ce jour, elle vit dans la crainte continuelle d'une catastrophe où son cœur resterait broyé. Elle sort son mouchoir, essuie ses yeux, tourne son visage vers son mari qui somnole, secoué par les cahots de la route. Dans les rues, le peuple s'amuse. On tire un feu d'artifice sur le Champ-de-Mars pour célébrer les nouveaux médaillés de l'Exposition. Chaque déflagration fait vibrer les vitres du carrosse. Les chevaux se cabrent, ne vous inquiétez pas, Votre Majesté, ce sont les détonations, ça effraie les bêtes. Elle ouvre la fenêtre. Nouvelles fusées, musique, rires : la fête impériale, à la fois élégante et canaille, s'engouffre dans les boulevards fraîchement pavés, sous les platanes, les façades crème des immeubles. Les réverbères allument l'un après l'autre des lunes immobiles dans le crépuscule. Eugénie se recroqueville dans l'habitacle de velours. Trop de lumière, trop de bruit, c'est donc vrai que Paris ne dort jamais.

Le carrosse s'immobilise pour laisser passer une calèche. Elle relève un coin du rideau, reconnaît à l'angle du Palais-Royal une maison de jeu où des étudiants grisés d'illusions croisent des bourgeois ruinés… On redémarre. Elle ferme les yeux. Elle devine dans son dos les roulettes qui tournent sans fin, les billes qui sursautent d'une case à l'autre, les cafés où l'on s'enivre, les boudoirs où l'on médit, les salons où l'on danse, les fiacres où l'on s'aime, tout ce que le siècle a inventé pour tromper la solitude des hommes. Et elle perçoit soudain derrière les oripeaux de la fête tous les espoirs et toutes les misères, ces rires pleins de larmes mourant dans la nuit, sous les ombres des arbres qui rétrécissent derrière elle.

Remerciements

Jean-Paul et Annick G. m'ont permis d'écrire cette histoire aux *Grandes Terrasses*, dans un bureau avec vue. Qu'ils en soient ici très vivement remerciés.

MIXTE
Papier issu de sources responsables
FSC® C003309

L'éditeur de cet ouvrage s'engage dans une démarche de certification FSC® qui contribue à la préservation des forêts pour les générations futures.

Pour en savoir plus :
www.editis.com/engagement-rse/

Achevé d'imprimer par
Normandie Roto Impression s.a.s. à Lonrai
N° d'impression : 2202093

Imprimé en France